황금천막에서 부르는 노래
Алтын шаңырақта шырқалған ән

카자흐스탄 초원 시인 아바이 시선집
Абай Құнанбаевтың таңдамалы өлеңдер жинағы

숭실대학교 한국문학과예술연구소 문예총서 06

카자흐스탄 초원 시인 아바이 탄생 175 주년을 맞이하여
Абай Құнанбаевтың 175 жылдық мерейтойына орай

황금천막에서 부르는 노래
Алтын шаңырақта шырқалған ән

카자흐스탄 초원 시인 아바이 시선집
Абай Құнанбаевтың таңдамалы өлеңдер жинағы

김 병 학 옮김

인터북스

이 책은 카자흐스탄 외교부와 주한 카자흐스탄대사관의
지원을 받아 출판되었습니다.

Бұл кітап Қазақстан Республикасының Сыртқы істер министрлігі
мен Қазақстан Республикасының Корея Республикасындағы
Елшілігінің қолдауымен жарыққа шығарылды

시성詩聖 아바이와 21세기 카자흐스탄

카자흐스탄공화국 대통령
카심 – 조마르트 토카예프

올해는 아바이 시인 탄생 175주년이 되는 해입니다. 이를 기념하는 특별위원회가 만들어졌고, 국제적·국가적 수준의 기념행사들이 개최될 것입니다. 그런데 우리는 이것을 기념으로만 끝내지 않고, 민족의 세계관을 확장하고 민족의 정신적 성장을 촉진할 것을 목표로 삼고 있습니다.

아바이 꾸난바이울릐는 사상가, 시인, 계몽가, 새로운 민족문학의 창시자, 번역가, 그리고 작곡가로 우리 역사에 선명한 발자취를 남겼습니다. 그의 시와 노래와 잠언(아바이가 쓴 45편의 교훈의 글)에는 민족적 특색이 느껴지고 우리의 생활양식과 세태풍속, 신앙과 언어가 반영되어 있으며 우리의 민족혼이 감촉됩니다. 바로 이런 이유로 그의 창작은 세월에 따라 독특한 현상으로 평가되었고, 《아바이의 세계》라는 개념으로 나타났던 것입니다.

작년에 아바이의 작품 낭송 릴레이가 진행되었습니다. 나는 라이림이라는 여학생이 제안한 이 프로젝트를 지지하고 직접 참여했습니다. 세계적으로 이름난 학생과 교사, 기업인과 대학생들이 여기에 참가해 아바이의 시와 잠언을 낭송하는 릴레이를 여러 달 동안 계속했습니다. 덕분에 카자흐스탄 국민들이 시인 아바이의 새로운 면모를 알아가면서 그의 창작적 유산에 주의를 기울이게 되었습니다. 이는 시인 아바이에 대한 응당한 존경의 표현임과 동시에 자라나는 세대들 교육에도 효과적인 수단이 되었습니다. 이 시인의 탄생 기념해인 올해도 시낭송 릴레이가 계속될 것으로 믿습니다.

국부 누르술탄 나자르바예프 초대 대통령은 "미래 지향적 관점은 의식의 근대화다"라는 시정연설문에서 사회적 의식이 부흥되어야 할 필요성을 강조했습니다. 민족적 자각을 유지하고 그것을 오늘의 현실에 적응시키는 것은 국가적으로 중요한 문제입니다. 의식의 근대화를 이루어야만 우리는 이 21세기에 나라를 발전시키는 새로운 가능성을 열 수 있습니다.

아바이의 창작적 유산은 이 문제를 해결하는 데 큰 도움을 줄 수 있을 것입니다. 이 위대한 시인의 창작품들은 오늘날에도 현실성을 잃지 않았습니다. 아바이의 철학적 사고와 사색은 지금도 우리 모두에게 마음의 양식으로 남아있습니다. 우리 민족을 부흥시키는 일에 아바이의 작품을 기반으로 삼아야 하겠습니다. 이런 측면에서 그의 작품들을 어떻게 가장 효율적으로 활용할지를 생각해볼 필요가 있습니다.

나는 지금 이 글을 통해 우리 시대를 위한 길에서 아바이 창작활동의 현실성에 대한 나의 관점과 이 시인의 작품에서 우리 국민이 어떤 결론을 도출해야 할지에 대한 견해를 나누고자 합니다.

민족 정체성의 코드

근대화란 새로운 가치를 위해 자기의 과거를 부정하는 것을 뜻하지 않습니다. 사실상 이것은 현대 인류가 도달한 최고의 시대정신으로 민족적 유산을 보존하고 풍요롭게 해주는 것입니다. 이런 측면에서 볼 때 우리에게 아바이의 이데아가 없다면 우리는 근대화를 이룩해내지 못할 것입니다. 이미 한 세기도 더 지난 과거에 이 위대한 사상가는 우리 민족을 근대화와 쇄신으로 인도했고, 우리에게 시대적 요구에 따른 적응의 불가피성을 이야기했습니다.

누르술탄 나자르바예프 초대 대통령은 이 시인의 불멸하는 창작유산의 가치를 이렇게 강조했습니다. "세상이 바뀌었음에도 불구하고 우리 국민은 아바이에 대한 관심을 잃지 않았습니다. 새 시대가 올수록 그에게서 새로운 측면의 위대함이 드러나고 그의 작품들은 새로운 빛으로 반짝입니다. 아바이는 우리 민족의 마음속에 영원히 살아있을 겁니다. 그는 카자흐민족과 나라를 세기에 걸쳐 새로운 높이와 성취로 인도할 것입니다"

아바이의 작품을 살펴보면, 우리는 그가 민족의 발전과 번영을 위해 끊임없이 노력했음을 확인할 수 있습니다. 알려졌다시피 진보의 기초를 이루는 것은 교육과 학문입니다. 아바이는 카자흐민족이 쉼 없이 배우고 발전하기를 진심으로 원했습니다. 그는 높은 성과를 달성하려면 지식을 습득하는 것이 필수적이라고 강조하면서 "배우지 못했으면 자랑하지 마라"는 교훈을 주었습니다. 또 "우리는 공돈을 모을 목적으로 지식을 얻고자 노력하는 것이 아니다"라고 하면서 교육받은 시민이 나라 번영의 기반임을 강조했습니다. 이런 의미에서 위대한 시인 아바이의 다음과 같은 격언을 이해해야 합니다. "이익을 추구하지 말고 명예를 생각하라. 할 수 있는 한 더 많이 배우려고 노력하라"

이러한 결론들은 오늘날에도 현실적입니다. 더욱이 이와 같은 격언들이 갖는 의미는 훨씬 더 심오해졌습니다. 우리는 21세기에 학문이 급속도로 성장하는 것을 보고 있습니다.

우리의 목표는 전진하는 데에만 있는 것이 아니라 리더의 자리를 차지하는 데에도 있습니다. 이를 위해서는 교육제도를 현대적 조류에 상응하게 발전시켜야 합니다. 의심의 여지없이 카자흐스탄은 이 분야에서 커다란 성과를 냈지만, 부족한 점도 없지는 않습니다. 교육 분야의 개선에 대한 나의 견해는 선거프로그램과 작년 8월에 있었던 교육 콘퍼런스에서 제시하고 설명한 바 있습니다.

《교원의 지위에 관한》 법률은 이 같은 방향에서 도출한 하나의 방침으로 채택되었습니다. 이것은 교육제도의 개선과 질적 향상을 향해 내딛는 발걸음입니다. 교육자는 어느 사회에서나 특별한 위치를 차지합니다. 교사는 젊은 세대를 교육하는 데 중요한 역할을 합니다. 교육자에 대한 존중은 우리 모두의 의무입니다. 국가는 교사의 위상을 드높이고 그들에게 생산적으로 일할 수 있는 여건을 조성해주어야 합니다.

아바이는 외국어 공부를 특별히 강조했습니다. 그는 25번째 잠언에서 이에 대해 뜻깊게 이야기한 바 있습니다. "인간은 다른 민족의 언어와 문화를 배우면서 그들과 동등해지고, 쓸데없는 요청으로 인해 자기를 낮추지 않는다."라고 말입니다. 어떤 분야에서 우리보다 더 높은 위치에 있는 민족과 동등해지려면 우리는 그 민족의 언어를 배워야 합니다.

새로운 역사적 조건 속에서 우리는 누구나 모국어의 발전과 보급에 주의를 기울이고 모국어의 지위를 향상시켜야 합니다. 젊은이들이 반드시 모국어를 알아야 한다는 것은 매우 중요합니다. 이와 동시에 필수적으로 우선 영어를 배워야 합니다. 우리 젊은이들이 외국어를 더 많이 알면 알수록 그들에게 더 많은 가능성이 열릴 것입니다. 아바이가 말했듯이, 젊은 세대가 학문을 익히고 모국어를 알고 존중한다면, 이런 경우에 그들은 다중언어사용자가 되는데, 이것이야말로 나라 번영의 조건이 될 것입니다.

현대 세계는 매일 바뀌는 것이 아니라 매시간 바뀌고 있으며 모든 분야에서 새로운 과제와 요구가 나타나고 있습니다. 과학적 발견은 인류를 전진시킵니다. 오직 지성과 교육에 힘입어서만 발전이 가능해지는 시대가 왔습니다. 리더들에게서 뒤처지지 않으려면 우리는 반드시 개방적이고 기민한 의식을 지녀야 합니다. 선진 문명의 성과를 민족의 이익과 결합하는 법을 배워야 합니다. 우리는 부정적인 고정관념과 관행을 버려야 합니다. 바로 이런 이유에서 아바이가 동포들에게 그들이 "지식을 추구하지도, 깊은 생각을 하지도 않고 터럭을 비벼버리듯이 비방하고 날조한다"며 비판적인 태도와 불만을 내보였던 것입니다.

이 시인은 우리 민족에게 자기를 완성하고 새로운 기능을 숙련할 것을 촉구했습니다. 그는 이것이 시간을 요한다는 점을 이미 이해하고 있었습니다. 오늘 우리가 이야기하는 지성적인 민족 형성이라는 개념 역시 아바이에게서 발원했음을 우리는 확인합니다. 이 위대한 사상가는 각 모든 잠언에서 민족의식을 발전시키는 데 주력했습니다. 바로 이런 이유로 아바이의 유산을 심오하게 연구하는 것이 중요하다는 것입니다.

아바이를 인식하는 것은 자기를 인식하는 것입니다. 자기를 인식하는 것은 중단 없는 성장과 교육으로 이루어지고 이 결과로 지혜를 선물받습니다. 이것은 지성적인 민족을 만드는 처방전이기도 합니다. 이와 관련하여, 아바이의 잠언이 우리 세대의 목표가 되어야 함은 분명합니다.

아바이는 카자흐 아이들을 나라의 애국자로 양육할 것을 요청했습니다. 그의 유산은 건전한 애국심의 학교, 우리 국가제도에 대한 존중

의 기반입니다. 만일 우리가 교육받고 계몽된 우리 시민을 보고자 한
다면 아바이의 노작을 끊임없이 연구해야 할 것입니다.

우리는 아바이가 그랬던 것처럼 우리 국민을 사랑해야 합니다. 이
위대한 시인은 비록 동포들의 결점을 비판했지만, 그들을 번영과 고
도의 성취로 인도하는 것을 자기의 유일한 목표로 내세웠습니다.

아바이의 풍부한 유산은 카자흐민족이 새로운 본질을 형성하는 데
이바지합니다. 그의 작품은 모든 젊은 카자흐스탄인들에게 조국과 민
족과 영토에 대한 애국심과 사랑을 심어줍니다. 현인 아바이의 기본
이데아는 젊은이들의 의식을 강화하고 그것을 그들의 생활신조로 전
환시켜야 한다는 것이었습니다. 이는 민족이 근대화의 길로 가는 중
요한 발걸음 중 하나입니다.

국익이 가장 중요하다

독립국가 카자흐스탄의 번영을 위해서는 국가제도의 강화가 우리
에게 최우선 순위가 되어야 합니다. 법적, 사회적 질서를 엄격히 지키
는 것은 모든 시민의 공통된 과제입니다. 국민이 국가권력을 존중하
지 않으면 우리의 통일성은 심각한 시련을 겪을 것입니다. 시민, 특히
젊은이들에게 국가에 대한 존중의 중요성을 반드시 설명해주어야 할
것입니다. 이와 관련하여 다시 한번 아바이의 유산에 주목하고자 합
니다.

이 위대한 시인은 자기 작품에 민족의 통일성과 공정한 사회의식에
대한 강한 열망을 드러냈습니다. 아바이의 이 견해는 21세기 카자흐
스탄 사회의 순조로운 생활에 가장 중요한 원칙으로 공명하고 있습니
다. 현인 아바이의 세계관은 현대 문명화된 사회의 이데올로기를 앞
서 예상한 것이었습니다. 법치, 높은 수준의 권력 개방과 국민에 대한

책임, 국가와 사회의 업무에 시민들의 적극적인 참여라는 조건에서만 공정성은 뿌리내릴 것입니다.

나는 공정한 사회의 발전을 목표로 《국민의 목소리를 듣는 국가》라는 개념을 제안했습니다. 정부와 사회의 건설적인 대화에 힘입어야만 국가에 대한 신뢰를 강화할 수 있습니다. 나라의 관료와 장관과 지사들은 국가와 사회를 위해 중요한 결정을 내릴 때 시민의 제안과 관심사를 고려해야 할 것입니다. 나는 이것이 아바이가 이야기한 공정한 사회를 구성하는 조건 중 하나라고 확신합니다.

이 위대한 시인은 "중요한 단합을 상실한 채 뜬소문으로 무장했다"라고 괜히 말한 것이 아니었습니다. 이 사상가의 이 말은 사회여론이 권력의 대표자들에게 늘 만족하는 것만은 아니라는 점을 가리키는 것입니다. 주권기관은 "소문과 유언비어 외에는 그 어떤 일에도 흥미를 느끼지 않는" 동시대인들이 늘어나지 않도록 국민에게 귀를 기울여야 합니다. 바로 이런 이유 때문에, 특히 당면한 문제를 함께 토론하고 해결하기 위해 나는 사회적신뢰국민위원회를 만들었습니다. 나는 이 위원회가 공식적인 협의회가 되지 않도록, 구성원들과 개인적으로 만나 이들의 활동을 주의 깊게 살핍니다.

아바이의 작품은 능력주의의 원칙에도 특별한 관심을 보여주고 있습니다. 그는 지위가 아닌 목표지향성과 근면성 같은 특징으로 사람을 평가했습니다. 이 위대한 시인은 카자흐 젊은이들에게 훌륭한 길과 올바른 목표를 가리켜 주려고 노력했습니다.

현재 카자흐스탄은 정치적 근대화 과정에 있습니다. 초대 대통령의 지원으로 국가기관에 차세대 지도자들이 등장했습니다. 그럼에도 불구하고 우리는 근본적인 정치적 변화가 필요하다는 이야기를 자주 듣습니다. 이 문제에서 전 민족의 의견일치가 있어야 하겠고 책임감과 국가 잠재력에 대한 객관적 평가가 있어야 하겠습니다.

변화의 불가피성을 떠벌리는 사람들은 정치적 이데아에 동의하는 미래세대 국민에 대해서는 거의 생각하지 않습니다. 포퓰리즘은 세계적으로 부정적인 경향이 되었습니다. 세계 구석구석에서 뚜렷한 전략도 없는 이들의 입에서 떠들썩한 감성적 구호들이 난무합니다. 아바이는 요란하게 빈 소리만 외치는 이 같은 사람들에 대해 "꼬드기는 말로 격동시켜놓고는 그 무엇도 남기지 않고 자기는 빠져나간다."라고 비판했습니다. 포퓰리즘은 모든 나라의 발전을 심하게 저해하고 국민의 단합을 약화시키는 위험한 경향입니다.

아바이가 말했듯이 과도한 자랑, 타인과의 관계에서 우월감, 험담을 좋아하는 것은 우리에게 전혀 어울리지 않습니다. 우리는 매 걸음마다 명확히 숙고하고 우리나라와 세계에서 벌어지는 사건들을 올바르게 분석할 줄 알아야 합니다. 무엇보다 우리의 발전과 안정을 보장하는 단합과 통일을 높이 평가해야 합니다. 우리는 국익을 생각하면서 우리의 가치와 성과를 계승하고 그것을 잃지 않아야 합니다. 이런 정치만이 우리의 모든 전략적 목표를 달성하게 만들고 우리 카자흐스탄을 선진국 반열에 들어서게 해줄 것입니다.

새로운 사회의 예언자

오늘날 카자흐스탄의 미래는 사회가 발전하는 것과 사회가 새로운 단계로 상승하는 것에 의존하고 있습니다. 우리는 경쟁력 있는 국민이 되어야 합니다. 우리는 진보와 단합에 해가 되는 부정적인 습성을 버려야 합니다.

오늘날 전 세계 전문가들은 고전적 자본주의가 위기를 맞고 있다고 비판하고 자본주의의 미래를 의심하고 있습니다. 위기의 원인은 빈부의 격차, 교육받은 자와 그렇지 못한 자의 차이, 지역 간·도시 간·마을 간에 더욱 벌어지는 불공정에 있습니다. 시간이 지날수록 불공정은 더욱 심화되고 있습니다. 기업인들은 사익만 추구하고 사회는 파편화되고 각 개인은 자기만을 생각합니다. 대도시들은 급성장하는데 작은 마을들은 제자리걸음만 하고 있습니다. 학자들은 이것이 사회적 책임감이 약화된 데 따른 결과라고 평가합니다.

우리는 어떻게 하면 사회적 책임감을 제고할 수 있겠습니까? 그것은 그렇게 간단한 일이 아닙니다. 이 난해한 과제는 아바이가 모든 측면에서 고루 발달한 인간에 대해 《이상적인 사람》이라고 명명한 정의를 사용하여 해결할 수 있을 것입니다. 이 정의는 영어 《A man of integrity》와 정확히 일치합니다. 이것은 신중하고 배려심 많고 확신이 있고 선과 창조를 추구하는 사람에게 해당하는 평가입니다. 현재 널리 일반화되고 있는 이 개념은 이미 19세기에 아바이가 예언했을 뿐만 아니라 그 본뜻을 해설하기까지 했습니다.

인간의 생활은 사회적 관계로 이루어집니다. 이런 관계가 없으면 우리는 사회에서 쉽게 도태됩니다. 사회적 관계는 필연적으로 서로에 대한 책임감을 불러일으킵니다. 그러므로 사람이 이기주의를 이기지 못하고 사익만 생각한다면 책임감은 쉽게 무너져버릴 것입니다. 아바이는 지혜로운 격언에서 "지능과 마음과 의지를 통합하면 그대는 쉽게 완전함에 도달할 수 있다."라고 하면서 인간은 밝은 지능과 뜨거운 의지 외에도 선한 마음을 지녀야 한다고 말했습니다. 아바이는 이 세 가지 개념을 늘 하나로 보면서도 지능과 의지가 마음에 종속되어야 한다고 여기고 이것이야말로 카자흐민족의 삶의 철학이라고 강조했습니다.

이런 세계관을 지탱해온 우리 민족은 어려운 상황에 처해서도 다른 민족들을 친절하게 포용했습니다. 우리 민족은 굶주리면서도 다른 민족들과 빵 한 조각조차 같이 나누는 것을 의무라고 생각했습니다. 우리 선조들은 윗사람을 존중하고 아랫사람을 배려하고 곤경에 빠진 사람을 도와줄 줄 알았습니다. 우리는 이와 같은 가치관을 진심으로 대하고 오늘날까지 잘 간직하면서 당당한 민족으로 살아왔습니다.

우리는 《완전한 사람》이라는 아바이의 개념을 새로운 각도로 봐야 하겠습니다. 우리 학자들은 이것을 연구해야 합니다. 내가 이해하는 바로는 《완전한 사람》이라는 개념은 나라 운영, 교육, 사업, 가정 등 우리 생활 모든 측면의 기반이 되어야 한다는 것입니다.

아바이의 모든 작품에는 '의존주의와의 투쟁'이라는 주제가 포함되어 있습니다. 이 시인은 게으르고 태만한 생활을 거부하고 매사에 예민하고 경각심을 가져야 하며 끊임없는 노동으로 완전을 추구해야 한다고 말했습니다. 그는 올바른 행동이 암울한 생각을 이겨내는 데 도움이 된다고 말하고 의존주의와의 투쟁에 관한 정신적 영역에 깊이 침투해 들어갔습니다. 아바이는 그 당시에도 우리가 최근에 언급하기 시작한 감성 지능에 주목했습니다. 그는 자기 자랑과 의존심리를 버리고 근면과 지식추구에 힘쓰라고 장려했습니다.

"쉼 없이 일하면 언제든 배고프지 않게 살 수 있다.", "배부름과 한가함은 사람을 올바른 길에서 벗어나게 한다.", "자기를 믿고, 자기의 노력과 지식으로 자신을 평범한 인생의 늪에서 해방시켜라."와 같은 아바이의 현명한 사색과 보물 같은 격언들을 우리는 잘 알고 있습니다. 이 같은 귀중한 사색을 잘 인식하고 각자 정직하고 중단 없는 노동으로 주위 사람들에게 도움이 되어야 하겠습니다.

우리 민족은 노동의 가치를 알고 있습니다. 우리는 부모세대가 전쟁 시기에 후방에서 엄청난 양의 노동을 제공함으로써 파시즘을 이기는 데 큰 보탬이 되었다는 사실을 잊지 않고 있습니다. 그리고 오늘날에도 일반 노동자들은 감탄할만한 공적을 쌓았습니다. 그들 중에 많은 이들이 최근에 국가상을 받았습니다. 시민들은 각자 노동으로 나라의 경제발전에 기여하고 있습니다.

아바이를 그 시대의 진보의 나팔이라고 불러도 과언이 아닐 것입니다. 이 위대한 철학자는 노력으로 자기 분야에서 성공한 사람들을 자기의 현명한 작품에 예시했습니다. 그는 더 낫게 살기 위해서는 새로운 노동 기술을 배우라고 가르쳤습니다. 이 시인은 창조력과 정직함을 높이 평가했습니다. 예를 들면, 10번째 잠언을 이런 식으로 마무리 짓고 있습니다. "게으름 피우지 않고 참을성 있게 추구하며 올바르게 일했다면 그대는 부자가 되었을 것이다"

아바이의 의견에 따르면 돈을 벌려면 기술을 배워야 합니다. 왜냐하면 "재산은 언젠가는 빠져나가지만 기술은 사라지지 않"기 때문입니다(33번째 잠언). 나는 이 위대한 시인의 말들이 오늘날 카자흐스탄 사회에도 매우 현실적이라고 생각합니다. 그러므로 오늘날 우리나라의 주요 전략은 원자재 의존심리를 벗어나는 데에 있습니다. 우리는 중소기업이 발전할 수 있는 여건을 최대한으로 조성해주어야 합니다.

세계적 문화의 대가

거의 모든 문명국가들은 탁월한 역사적 인물을 자랑합니다. 그들 중에는 정치인, 국가나 사회의 주요인물, 군지휘관, 시인과 작가, 문화예술 종사자들이 있습니다. 카자흐 사회계도 역시 탁월한 대표자들의 이름을 거침없이 나열할 수 있습니다. 그중에서도 아바이는 특별한 위치를 차지합니다. 그렇지만 우리는 아직 세계에 이 위대한 철학자를 제대로 소개하지 못했습니다.

나는 외교관으로 일하면서 업무상 다른 나라의 정치인과 여러 분야의 전문가들을 자주 만났습니다. 우리는 여러 분야의 제반 문제들을 놓고 의견을 교환했는데 그들은 대체로 카자흐스탄의 정치적, 경제적 성과에 대해서 잘 알고 있었습니다. 그러나 우리나라의 정신문화적 가치에 대해서는 아는 것이 많지 않았습니다. 이와 관련하여 "아바이를 통해 카자흐민족의 문화와 일상생활을 전 세계에 소개하면 어떨까?"라는 질문이 떠올랐습니다.

아바이는 카자흐 땅의 천재적인 아들이자 전 지구적 스케일의 인물입니다. 그는 독특한 이성의 열매를 이 지구에 선물했습니다. 아바이의 창작을 깊이 탐구한 연구자들은 아바이가 카자흐 민족문화와 동서양 민족들의 구비문학, 러시아의 문학과 역사 작품에서 마르지 않는 영감을 얻었다고 말합니다.

아바이의 사고의 독특함은 그의 종교적 견해에서도 확인할 수 있습니다. 아바이는 "그리고 그도 옳고, 알라의 말도 옳다. 우리는 진리를 믿지 않을 수 없다."라고 말했습니다. 그는 틀림없이 동서양 철학자들의 작품들을 세심하게 연구한 후에 이런 결론을 내리게 되었을 것입니다. 그의 종교적 견해는 38번째 잠언에 완벽하게 드러나 있습니다.

아바이의 정신적 유산을 평가하는 학자들과 종교철학자들은 그가 제시한 《완전한 무슬림》이라는 개념에 특별히 주목하고 있습니다. 이 개념은 카자흐민족뿐만 아니라 전 이슬람 세계에 적용될 수 있습니다. 현인 아바이가 전 세계적인 명성을 얻은 데에는 그의 이 종교적 개념도 한몫했습니다. 알려졌다시피 카자흐스탄의 수도에서는 전 세계의 종교를 단합시키는 연례 포럼이 개최되고 있습니다. 이 포럼의 목표는 위대한 아바이의 발언들과 깊이 관련되어 있음을 확인할 수 있습니다. 세계정신의 순결함을 지키려는 이 시인의 고상한 의도는 우리를 깊은 사색으로 유도합니다.

무흐따르 아우에조브 작가의 대하소설 『아바이의 길』에 표현된 아바이의 예술적 형상은 세계문학계에서 높은 평가를 받았습니다. 하지만 이것은 아바이를 알 수 있는 일면일 뿐입니다. 진정한 아바이, 시인 아바이를 알려면 아바이의 시와 잠언에 담긴 생각의 본질을 해석해야 합니다. 그의 작품들은 표현상의 아름다움을 잃어버리지 않는 상태로 세계의 주요 언어들로 번역되어야 할 것입니다. 우리가 이 일을 온전히 달성했다고 말하기는 어렵습니다. 진정한 민족 시인들의 작품을 외국어로 번역하는 것은 쉽지 않은 일입니다. 번역자에게 저자와 같은 수준의 재능이 있어야 하기 때문입니다. 아바이 연구자, 언어 학자 그리고 관심 있는 시민들은 이 점을 특별히 고려해야 할 것입니다.

누르술탄 나자르바예프 카자흐스탄 초대 대통령은 "아바이는 카자흐 민족의 정신적인 보고에 헤아릴 수 없는 기여를 한 학자일 뿐만 아니라 국가 형성에 쉴 새 없이 노력한 현자다. 아바이는 세계적 수준의 철학자 중에서도 놀라운 인물이다."라고 언급했습니다. 실제로, 이 현명한 시인의 작품들은 카자흐민족뿐 아니라 전 인류의 정신생활을 풍요롭게 만들 수 있습니다.

아바이의 작품들은 인간적이고 인문학적인 가치관과 이상으로 채워져 있습니다. 그의 잠언은 전 세계 민족들의 공동재산입니다. 이것은 독특한 개념으로 이루어진 윤리학적 사색의 보고입니다. 이것을 '격언'이라 부르든 '잠언'이라 부르든 이름에 상관없이 독특한 장르임에 틀림없습니다.

아바이는 잠언에서 전 세계적 유산을 보편화시키면서 정신적 정점으로 나아갔습니다. 잠언의 큰 줄기는 인간다움, 문화, 선입니다. 현인 아바이의 잠언과 유사한 작품을 찾다 보면 우리는 프랑스의 사상가

몽테뉴의 수상록을 발견하게 됩니다. 그런데 몽테뉴가 수상록에서 자기 내부세계와 개인에 더 많은 주의를 기울였다면 아바이는 외부인의 파악과 과제부여, 목표를 원칙으로 만드는데 더 큰 주의를 기울였습니다. 이 위대한 사상가의 잠언은 독특하고 더없이 값진 문화유산입니다. 아바이의 유산을 세계문화에 제대로 소개하면 우리 민족의 위상은 한층 더 올라갈 것입니다. 아바이의 잠언은 특히 세계화와 정보기술 시대인 현대에 대다수 사람들의 마음에 반향을 일으킬 것입니다.

이 세상에는 학술, 교육, 문화 등 다양한 분야의 발전에 당당하게 기여한 인물들이 적지 않습니다. 그들이 남긴 작품들은 널리 알려져 있고 전 세계의 지적자산을 형성하고 있습니다. 예를 들어, 중국이라 하면 우리는 즉시 노자와 공자를 떠올립니다. 러시아라 하면 도스토옙스키와 톨스토이라는 이름을 떠올리고, 프랑스라 하면 볼테르와 루소를 떠올립니다. 우리는 우리대로 지구 어느 지점에서든 카자흐스탄이라 하면 아바이라는 이름이 떠오르도록 만들어야 하겠습니다. 만일 다른 사람들이 우리에게 "카자흐인은 아바이의 민족이다"라고 존경스럽게 말한다면, 우리는 분명 이것을 커다란 인정의 표시로 받아들여야 할 것입니다.

아바이의 사상을 알리는 홍보는 어떤 것이든 합당합니다. 그의 삶과 창작유산은 카자흐민족뿐 아니라 전 세계가 본받을 만한 것입니다. 인간, 사회, 교육, 학술, 종교, 전통, 자연, 환경, 국가, 권력, 언어, 인간관계 등에 미친 아바이의 깊은 사색은 여러 세기가 지나도 현실성을 잃지 않을 것입니다. 왜냐하면 이 시인의 유산은 전 세계의 정신적 양식이기 때문입니다. 카자흐 나라가 존재하는 한 아바이의 이름은 계속하여 드높아질 것입니다. 만약 우리가 그의 황금 같은 말을 우리의 정신적 부모로 삼아 높이 평가한다면 우리나라의 위상도 틀림없이 전 세계적으로 높아져만 갈 것입니다.

우리는 아바이를 우리 민족의 문화자산으로 홍보해야 합니다. 문명국가들은 우리 민족의 탁월한 인물들이 이룩한 성과와 세계적 명성에 의지하여 카자흐 민족의 생활, 문화, 문학, 정신적 발전 등을 평가한다는 사실을 잊지 말아야 하겠습니다. 그래서 우리는 아바이를 세계사회에 카자흐스탄의 새로운 브랜드로 널리 소개해야 하겠습니다. 이것이 현세대의 의무입니다.

기념일의 중요성

민족의식을 현대화하고 경쟁력 있는 민족으로 발전하려면 우리는 아바이의 작품을 세심하게 연구하고 파악해야 합니다. 사회적 과정에 대한 그의 다양한 견해는 현대 카자흐스탄에 매우 유익합니다. 아바이는 세상에 자기 세대를 알렸을 뿐만 아니라 현대 사회의 얼굴도 소개했습니다. 그는 민족의 희망에 빛나는 길잡이 별입니다.

우리는 카자흐인 집의 명예로운 자리에는 돔브라(2현으로 된 카자흐 전통 민속악기)가 걸려 있어야 한다는 사실을 잘 알고 있습니다. 나는 이와 똑같이 각 가정마다 아바이의 책들과 무흐타르 아우에조브 작가의 대하소설 『아바이의 길』이 놓여있어야 한다고 생각합니다. 미래세대는 아바이의 밝은 길을 따라야 합니다. 이는 이 위대한 시인의 희망을 실현해주는 일이 됩니다. 우리는 그의 사상과 이데아에서 최고의 장점을 이어받아야 할 것입니다.

올해는 아바이 탄생 175주년을 기념하여 500건이 넘는 국제적·국가적·지역적 단위의 행사가 열릴 예정입니다. 8월에는 아바이의 고향 세메이시에서 유네스코(UNESCO)와 공동으로 《아바이의 유산과 세계정신》이라는 주제의 국제 학술회의가 개최됩니다. 이것은 가장 중요한 기념행사입니다. 그리고 10월에는 누르술탄시에서 《아바이와 의식의 현대화》라는 주제로 국제회의가 열릴 것입니다. 이와 같은 행사들을 통해 아바이 시인의 개인적 삶과 그의 유산이 다방면으로 관찰될 것이고 21세기 새로운 카자흐스탄에 그의 유산을 어떻게 적용할지를 놓고 다양한 토론이 벌어질 것입니다.

기념행사의 주요 방침은 이 위대한 시인의 작품을 10개의 외국어로 번역하여 출판하는 일입니다. 더 자세히 이야기하자면, 아바이의 작품은 영어, 아랍어, 일본어, 스페인어, 이탈리아어, 중국어, 독일어, 러시아어, 터키어, 프랑스어로 번역될 것입니다.

예술 분야도 기념행사를 외면하지 않을 것입니다. 아바이의 생애, 유산, 카자흐 문화발전에 기여한 역할에 대한 몇 가지 다큐멘터리와 TV시리즈 《아바이》도 방영될 것입니다. 그리고 국제 수준 및 국가 수준의 연극과 음악 축제도 계획 중입니다.

올해는 아바이의 창작활동을 기리는 콩쿠르도 진행될 것입니다. 문학과 예술 분야에서 이룩한 훌륭한 작품에 국가상을 수여하는데 이는 《아바이 명칭 국가상》으로 명명될 것입니다.

아바이와 그의 유산을 홍보하는 행사는 외국에서도 거행됩니다. 러시아, 프랑스, 영국에 주재한 카자흐스탄 대사관과 다른 나라들에서 《아바이 센터》를 설립할 것입니다.

동카자흐스탄 악쇼크 마을에 있는 꾸난바이 우스껜바이울리(아바이 아버지의 이름) 가족묘지가 단장될 것입니다. 그 밖에도 정부는 아바이를 홍보하기 위한 다양한 조치를 취할 것입니다.

아바이의 고향 세메이시는 카자흐스탄 역사상 가장 중요하고 성스러운 명소 중 하나입니다. 나라의 발전에 특별한 핵심 역할을 한 세메이시를 역사의 중심지로 지정하겠습니다. 위대한 아바이와 샤카림과 무흐따르 아우에조브 작가의 고향인 세메이는 특별대우를 받을 만한 가치가 있습니다. 우리는 사회경제적 측면에서 이 도시를 다방면으로 발전시키고 이 안에 있는 역사문화 장소를 현시대의 요구에 맞게 현대화시키겠습니다. 내각에 이 문제와 관련된 상응조치를 취할 것을 지시합니다.

기념해의 틀 안에서, 아바이의 고향으로 널리 알려진 '지데바이'(아바이가 부친으로부터 상속받은 땅의 지명)를 단장하고 이 위대한 시인을 기리러 찾아오는 방문객들에게 적절한 여건을 조성해 주어야 하겠습니다. 그 밖에도 국립 역사문화 및 문학 기념박물관이자 보호구역인 '지데바이-보를리'(보를리도 아바이가 부친으로부터 상속받은 땅의 지명임)에 특별히 주목하고 이곳을 완전한 학문연구센터로 개조해야 하겠습니다. 특히 지데바이에 《아바이의 유산》이라는 새로운 박물관을 지어야 하겠습니다.

1918년에 무흐따르 아우에조브와 주습베크 아이마우또브 작가가 공동으로 창간하고 1992년에 재출간된 잡지 《아바이》에 대한 지원도 필요합니다.

이와 같은 행사와 다른 대규모 행사들이 아바이를 기념하고 그의 풍부한 유산을 홍보할 목적으로 개최될 것입니다. 이 고상한 행사에 모든 카자흐스탄 국민이 적극적으로 참여할 것을 촉구합니다.

우리는 아바이 탄생 175주년 기념행사를 사회의식의 현대화, 전 국민의 단합, 국가발전의 기여에 새로운 자극을 줄 수 있는 행사로 생각하고 여기에 특별한 의미를 부여합니다.

기념행사의 틀에서 보면, 우리의 주요 목표는 민족의 스승 앞에 전 국민이 이른바 보고를 드리는 모양새로 행사를 치르는 것입니다. 아바이의 비판적인 발언들은 무겁지만 건설적입니다.

초대 대통령의 지도하에 그리고 국민의 대대적인 지지에 힘입어 우리는 높은 성과를 이룩했습니다. 우리는 50대 선진국 대열에 가입하겠다는 야심찬 목표를 세웠는데 예정보다 앞당겨 이 목표를 달성했습니다.

우리의 다음 과제는 30대 선진국 대열에 가입하는 것인데 이 경계선도 성공적으로 통과할 것이라고 확신합니다. 이 목표를 달성하는데 아바이의 유산이 도움이 될 수 있을 것입니다. 오늘날 각자가 자기에게 다음과 같이 질문해봐야 할 것입니다. "우리가 아바이의 말들을 제대로 평가할 수 있는가? 그리고 이 말들을 제대로 해석할 수 있는가?"라고 말입니다.

아바이 탄생 175주년 기념행사는 국민 앞에 당면한 주요 과제들을 해결하는 길을 찾는 데 도움이 될 것입니다. 기념행사를 시작하기 전에 카자흐스탄 국민 각자가 국민과 국가에 대해서 깊이 생각해보기를 바랍니다. 아바이는 우리에게 무엇을 유언했습니까? 아바이는 우리에게 무엇을 요구했습니까? 아바이는 우리에게 무엇을 기대했습니까? 어떤 고상한 일들이 아바이의 마음에 들었습니까? 우리는 이 고상한 일들을 하는 것을 배웠습니까? 아바이를 상심하게 만든 결점들은 무엇입니까? 아바이가 걱정했던 것들에 대해 우리가 배운 것이 있습니까?

이 시인이 유언한 다섯 가지 고상한 일(사색, 노력, 희망, 자족, 선량함)을 우리가 실천했는지를 생각만 하는 것으로 과연 충분하겠습니까? 우리는 마음속의 다섯 가지 나쁜 습관(허풍, 거짓, 게으름, 험담, 낭비)을 버릴 수 있었습니까? 자신에게 이 질문을 해본다면 우리는 많은 것을 이해하고 인식할 수 있을 것입니다.

아바이의 유산은 우리 국민에게 단합과 번영의 길을 열어주는 귀중한 자산입니다. 우리가 생활에서 아바이의 유언을 따르고 모든 분야에 적용하면 우리는 실제로 하나의 민족으로 강해지고 하나의 국가로 높은 목표에 도달할 것입니다.

아바이의 꿈은 국민의 꿈입니다. 우리는 국민의 꿈이 실현되는 이 길에서 힘을 아끼지 말고 선배세대의 유언을 실현하는 일에도 힘을 아끼지 않아야 되겠습니다. 아바이의 유언과 교훈은 21세기에 새로운 카자흐스탄을 새로운 정점으로 이끌어줄 것입니다.

2020년 1월 9일

위대한 초원 시인 아바이 탄생 175주년을 맞이하면서

올해로 위대한 카자흐스탄 초원 시인 아바이 탄생 175주년을 맞았
다. 지금 카자흐스탄 전역에서는 아바이 시인을 기리는 각종 기념행
사와 학술회의와 시낭송대회들이 진행되고 있으며 카자흐스탄 동북
부 세메이주에 있는 아바이기념관에는 그를 흠모하는 이들의 발길이
줄을 잇고 있다. 아바이가 카자흐국민문학에 끼친 영향은 그만큼 압
도적이다. 카자흐인들에게 아바이는 영국의 셰익스피어, 독일의 괴테,
러시아의 푸쉬킨 같은 존재다. 뿐만 아니라 그는 진정한 의미에서 카
자흐인 최초로 근대적 자각으로 깨어난 계몽가이자 사상가이기도 하
다. 현대 카자흐인의 자각과 지향을 형성한 근대성의 뿌리는 많은 측
면에서 아바이에게로 그 연원이 거슬러 올라간다.

시인 아바이가 활동하던 19세기 후반은 그보다 한 세기 전 제정러시
아가 낯선 문명을 가지고 카자흐 유목전통에 개입해 들어온 이래 가치
관의 혼란과 사회적 모순이 격심해지던 시기였다. 물밀듯이 밀려오는
새 시대의 조류에 카자흐 유목전통은 위태롭게 흔들렸다. 그것이 새롭
게 정립되어 살아남으려면 내면의 심층을 갈아엎는 고통스러운 변용
이 시작되어야 했다. 어려서부터 유목민 고유의 사상과 고전을 공부하
고 일찍이 러시아와 유럽의 근대사조에도 눈을 떴던 아바이는 고유의
것에 대한 근본적인 개혁이 필요함을 누구보다 잘 알고 있었다. 그래

서 그는 유목민 전통의 '아끈'(음유시인)이 되는 길을 포기하고 바람의 노래를 문자로 '기록'하는 시인이 되어 시대를 선도해나갔다.

그는 당시에 만연하던 동족의 졸렬함과 나태함을 준엄하게 꾸짖고 새로운 시대를 준비하면서 자기를 성찰할 것을 줄기차게 외쳤다. 이로 인해 인습에 얽매인 적대자들로부터 무수한 모함과 폭행을 당하고 자식들을 먼저 잃는 아픔까지 겪었지만 아바이는 이에 굴하지 않고 유목의 전통 위에 러시아와 서구의 근대사조, 고대 페르시아의 지적 자산, 무슬림의 신심, 특히 수피즘의 영성을 녹여내어 카자흐 역사 이전에도 없었고 앞으로도 없을 시문학의 산을 쌓아올렸다. 아바이는 카자흐 시문학의 상징이자 근대성의 상징이 되었다. 아바이가 카자흐인들의 가슴속에 지펴준 초원의 혼불은 지금도 요원의 불길처럼 타오르고 있다.

아바이시선집 개정증보판을 펴낼 수 있게 되어 기쁘고 영광스럽다. 이는 비범한 초원 시인 탄생 175주년을 맞이하여 카자흐스탄 외교부와 주한 카자흐스탄대사관에서 출간을 전적으로 지원해준 덕분이다. 깊은 감사를 드린다. 이번에는 10년 전에 아바이의 시 100편을 번역하여 펴낸 초판본 위에 2편의 서사시를 포함한 6편의 번역시를 추가하였다. 기존 시선집에 보이던 일부 오탈자도 바로잡고 정제되지 못한 일부 번역어도 다듬었다. 거대한 생애를 살다 간 아바이 시인의 작품을 대할 때마다 옮긴이는 늘 부족함을 느끼지만 장차 훌륭한 번역가와 연구자들이 나와 위인 아바이의 시문과 사상을 우리말로 더 잘 소개해주리라는 기대로 위안을 삼는다.

2020년 3월 광주고려인마을에서
옮긴이 삼가 씀

카자흐스탄 초원 시인 아바이의 시선집을 내면서

아바이 꾸난바이울리(Абай (Ибраһим) Құнанбайұлы, 아바이 꾸난바예브)는 카자흐스탄의 위대한 시인이며 사상가이다. 그는 카자흐스탄 초원에 경이롭게 솟아오른 산맥처럼 급변의 시대가 감지되던 19세기 중반에 홀연히 그 모습을 드러냈다. 그리고 광야를 달리는 말처럼 변화와 격동의 한 세기를 질주해 나가면서 주옥같은 시편과 잠언들을 남겼다. 그가 남긴 글들은 카자흐스탄 전역에 깊은 울림을 주었으며 지금도 카자흐스탄 전 국민의 가슴 속에 그침 없이 메아리치고 있다. 아바이의 존재는 카자흐인의 자부심이자 카자흐문학의 상징이다.

동양과 서양의 교차로에 위치한 카자흐스탄의 유목문화가 거기서 수없이 만나 부딪치고 뒤섞이는 이질적인 요소들을 관용의 정신으로 수렴해왔듯이 아바이 또한 그러한 광활한 초원의 정신에 바탕을 두고 대자연과 유목민의 삶을 껴안고 포용하며 기쁨과 슬픔과 희망의 노래를 불렀다. 그는 카자흐 고유의 전통과 서구의 합리성과 종교적 영성을 동시에 추구하였으며 이는 현대 다민족국가 카자흐스탄이 바람직한 미래를 지향하는데 더욱더 상서로운 빛을 던져주고 있다. 모든 카자흐인들은 아낌없는 존경과 열렬한 찬사로 국민시인 아바이의 위상을 변함없이 확인해주고 있다.

아바이가 쓴 이러한 초원의 시편들이 오래 전에 한국에 소개되었어
야 했다. 하지만 이제라도 알려질 수 있게 되어 여간 다행스럽지 않다.
그런 만큼 누군가가 이 아바이 시선집의 페이지를 넘길 때마다 중아
아시아 유목문화와 카자흐전통이 더욱더 역동적이고 선명하게 제 모
습을 드러내주기를 희망한다. 아바이의 시편들이 모이고 모여 카자흐
문학사에 커다란 강줄기를 냈던 만큼 이 책이 한국을 향해 열리는
카자흐문학의 창이 되기를 기대해본다.

아바이 시선집은 제1부 자연(풍경)에 대한 서정시, 제2부 철학의
서정시, 제3부 사랑의 서정시, 제4부 비애의 서정시, 제5부 8행시, 제6
부 풍자시 순으로 구성하였다. 이는 1909년에 처음 발간된 아바이 시
집의 테마별 분류에 따른 것인데 여기서는 편의상 제4부 비애의 서정
시에 속해있는 8행시들을 제 5부로 따로 분류했다. 그리고 독자들의
이해를 돕기 위해 시인 아바이의 사상과 시세계와 생애에 대하여 옮
긴이가 간단히 정리하여 부기해놓았다.

이 번역시집이 세상에 나오는 데에는 여러 뜻있는 분들의 마음과
손길이 더해졌다. 인문학에 깊은 관심을 갖고 있는 분으로서 아바이
시집의 번역과정을 눈여겨보고 필요한 제반비용을 흔쾌히 마련해주
신 동일 하이빌(Highvill Kazakhstan) 고재일 회장님께 크나큰 감사를
드린다. 이 시집을 카자흐스탄 고려인들이 모국과 카자흐스탄 땅에
드리는 우정의 선물로 생각하고 기획단계부터 깊은 애정과 관심을
보여준 알마틔시고려민족문화중앙의 신 브로니슬라브 회장님께도 감
사드리며 옮긴이가 무난히 번역작업을 진행할 수 있도록 카자흐어로
된 아바이의 시편들을 러시아어로 풀이해준 번역가 카이라트 싸우르
벡울리(Кайрат Сәуірбекұлы) 시인과 이 책의 출간을 구상하고 기획
해준 이 스따니슬라브 시인께도 감사의 마음을 전한다. 출간을 흔쾌

히 수락해주신 한국문예연구소 조규익 교수님과 인터북스의 김미화 사장님께도 감사드린다.

미비한 점이 없지 않지만 이 번역시집을 통해서 카자흐스탄의 독특한 유목문화와 시인 아바이에 대한 이해를 넓히는 한국의 독자들이 무럭무럭 자라나기를 바란다. 그렇게 된다면 옮긴이는 그간의 지난했던 작업을 다 보상받은 셈이 될 것이다.

2010년 3월 카자흐스탄 알마틔에서
김병학

일러두기

1. 제목이 없는 시들은 그 시의 첫 행을 제목으로 달아 차례에 실었다.
2. 주석부분 괄호 안에 병기된 외국어 이름이나 단어는 카자흐어문자로 표기함을 원칙으로 하되 경우에 따라 일부는 러시아어문자로 표기하기도 했다.
3. 독해의 편의를 위해 일부 시는 카자흐어 원문에 없는 연을 만들거나 있는 연을 없애 의미단위의 간격을 구분해주었다.

제1부 자연(풍경)에 대한 서정시

깊고 부드러운
눈밭으로

봄 36

여름 42

가을 47

동짓달과 섣달이 돌아왔구나 50

겨울 53

매사냥 55

말에 대한 묘사 60

제2부 철학의 서정시

공작꽁지깃 빛깔을
띤 나비들이

프줄리, 샴씨, 싸이할리 66

똑딱거리는 시계소리는 공연한 놀음이 아니라 68

다가오는 것은 짙은 안개에 감춰졌고 69

아는 것이 없으면 자랑하지 마라 73

젊은 시절 나는 학문을 중시하지 않았었네 79

시문학은 고결하고 존귀한 말들의 황제 80

라기뜨는 불과 불길로 태어나 86

심장에 이성의 빛이 있을 때 88

빛나는 눈길에는 생각이 없어라 91

만일 자신의 의지가 약하다면 93

사람들이 칭찬한다 해도 그걸 믿을 이유가 없으니 95

잎사귀들이 노랗구나, 옛 희망과도 같이 96

하늘이 눈부시게 활짝 웃음을 웃네 97

그림자 머리를 길게 드리우며 100

하느님께 가는 길은 입을 통해 있지 않으며 102

우리의 지혜는 얼음처럼 차갑지만 103

양들에게 흐린 물을 지나가게 하라 104

자연은 사라질지라도 인간은 불멸하느니 107

하느님도 옳고 그분의 말씀도 옳은 것이니 109

보라, 이 세상은 그대를 강탈하는 가혹한 세상이다 114

사람아, 대체 넌 누구더냐? 오직 똥을 담는 자루 아니더냐? 115

날들을 따라 날들이 간다 116

죽음이란 말은 누구나 알고 있다 116

나는 강아지를 개로 키워냈네 117

먹구름이 갈기갈기 흩어지고 117

그대, 어린 시절의 자취가 사라진 것을 느끼는가… 118

만일 내가 죽으면 내 자리는 축축한 땅이 되지 않겠느냐? 119

심장은 바다요 그 안의 모든 기쁨은 보석이라 121

제 아무리 뛰어도 굴레 쓴 말이 준마를 따라잡을 수 없어라 122

부질없는 외침들, 고함들 124

겉은 건강하지만 몸 안의 나는 죽었노라 124

젊은이들아 웃음은 귀중하지만 127

현명한 이의 말이 언제나 135

내 가슴에는 삶이 없다, 난 살아있지 않다 137

30

너의 비단결 같은
머리카락을 구기고

해리가죽 모자와 두툼한 머리채 140

바람 없는 밤에 달이 밝아 141

그 모습 아름다워라, 눈은 빛나고 143

나으리의 말 144

젊은 처녀의 말 148

사랑과 정욕은 두 개의 서로 다른 길 153

그대는 나의 눈빛 154

나는 보잘 것 없고 가련하여라 162

무슨 일로도 어두운 내 마음 밝아지질 않네 164

돔브라를 잡을 필요가 없어라 165

그대를 원하지 않을 수 없었네 167

그대, 젊은 시절을 기억하는가 167

때때로 고집이 센 영혼이 169

전에는 잔치를 좋아했고 그것만을 171

사랑하는 사람끼리 하는 말은 낱말 없는 언어 175

붉어지기도 창백해지기도 하고 175

처녀의 말 179

제4부 비애의 서정시

가여운 심장아
뛰지 마라

늙음이 있는 곳에 비애가 있고 꿈자리도 사나워라 182

늙음이 있는 곳에 비애가 있고 거기엔 오직 고통뿐 186

선은 너무나도 빨리 지나가고 191

사랑 없이는 소산이 없고 193

압드라흐만의 죽음 194

운명에 삐친 우리는 버림받은 이들 200

둘러보니 모두들 시장으로 가서 200

당신을 믿었습니다, 나의 하느님이시여 202

촌장이여 그대는 괜히 그렇게 기뻐하는구나 204

카자흐인이여, 친척이여, 나의 친근한 백성들이여! 207

그들은 종말로 치닫는 시대의 청년들 210

나는 언젠가 무지한 자들을 홀시했네 211

가비돌라에게 215

오스빠에게 216

내 심장은 마흔 개의 조각이어라 217

가여운 심장아, 뛰지 마라, 두근거리지 마라 219

말을 탄 채,
또 말을 타지 않은 채

아무리 예리한 칼날도 222

머리에 있는 것은 뇌가 아니다 222

그들은 뒷소리나 한마디씩 하고 223

말재주꾼! 말공부쟁이! 224

그대는 노여움을 품지 마라 225

누군가 그대의 집짐승을 훔친다 225

배우면서 알아내라 226

지식 안에 있는 꿈의 목소리 227

만일 그대가 집짐승처럼 배부르다면 228

피가 끓어 솟구쳐 오른다 228

육체는 고통을 모르고 229

이제는 예전과 달리 힘이 약해져 230

누가 그대들에게 말했는가 231

무지한 자들은 많고 많아라 231

그래, 백성들이 무슨 소용이 있는가 232

친구 없이는 외로워라 233

먼지투성이, 피투성이가 되어 234

말을 탄 채, 또 말을 타지 않은 채 234

간청할 때는 멀고 235

개와 아이가 우네 236

지식을 온 마음으로 존경하며 237

조용하고 은밀한 모임 없이 237

나는 벼랑으로 올라갔노라, 238

어느 측면에 놓여 있어도 239

아버지로부터 여섯 명 240

제6부 풍자시

길가에 외로이 선
나리새

라힘샬에게 242

아내와 마싹바이 243

셰리쁘에게 245

꾸이쓰바이에게 246

제7부 서사시

이스깐데르 독수리는 하늘보다 더 높이

마스구드 248

이스깐데르 261

해설

카자흐스탄 초원에 솟아오른 거대한 시문학의 산 275

깊고 부드러운
눈밭으로

봄

봄에는 이미 겨울의 축축함이 전혀 없어라,
마치 온 땅이 비단 천으로 둘린 것처럼.
숨 쉬는 것들과 모든 사람이 기쁨에 넘치고
해는 아버지의 눈 인양 부드러운 빛으로 어루만지네.

철새가 돌아오니 봄은 더욱 아름다워지고
젊은이는 자기들끼리 떠들썩하며 즐거워하는데
묘지에서 일어난 듯 깊은 잠에서 깨어난 늙은이들
동료들과 제 방식대로 허세를 부리네.

상류와 저지대의 촌락에서 나온 사람들은
서로 웃고 인사 나누며 포옹을 하네.
집안 살림 걱정에서 해방된 젊은 아낙들은
귓속말로 마음껏 비밀이야기를 나누네.

낙타가 울고 양이 울어 집짐승우리는 소란스럽고
나비와 새들은 골짜기에서 명절을 맞이하였네.
고개 숙여 부드럽게 흔들리는 꽃과 잎사귀는
흐르는 물에 호기심 어린 시선을 던지네.

백조와 거위들은 젊잖게 호숫가를 거닐고
아이들은 기쁨으로 새알을 찾아 뛰어다니네.
화살처럼 매잡이 기수의 팔에서 날아간 매들
번개의 섬광처럼 사냥물을 낚아채 오르네.
처녀들은 말안장에 붙잡혀 매달린 새들에게
몸을 굽혀 응석부리며 부드러운 추파를 던지네.

가장 고운 옷으로 치장한 젊은 여인들은
갖가지 색의 풀잎에 제 옷 무늬를 덧대놓으며
벌판에는 종달새, 저지에서는 꾀꼬리가 노래하고
부엉이와 뻐꾸기가 산에서 맞장구 치네.

새 물건을 실은 상인들이 바삐 오가고
농민들은 땅을 파서 씨를 뿌리네.
사람들의 겨울걱정 백배나 더 보상받아
새로운 짐승 새끼 떼가 배로 늘어나네.

땅을 너그럽게 장식해주신 전능한 하느님의
관대한 자비심이 온 세상을 덮네.
행복에 잠긴 땅은 걱정하는 어머니마냥 우릴 먹이고
머리 위 창공은 명철한 아버지마냥 우리를 지켜보네.

마음은 하느님께 끝없는 감사를 드리네,
시절을 보내주시고 이 땅에 생명을 되돌려주심을.
집짐승들은 살이 지고 유족해지며
백성들은 기분이 좋아 마냥 즐거워하네.

검은 돌 외에는 삼라만상이 따뜻해지고
구두쇠 외에는 모든 이가 너그러워지네.
황홀한 마음으로 창조주를 바라보면
만물이 그분 안에서 녹고 심장은 넘치는 힘으로 채워지네.

노인과 노친들은 햇볕을 쪼이고 아이들은 떠들며
집짐승들은 배부름에 허덕이며 땅에서 뒹구네.

하늘에서 지저귀는 새들은 가창을 멈추지 않고
호수의 거위는 소리를 지르고 백조는 노래를 부르네.

해가 지고나면 달과 별들의 시간이 돌아와
그들은 밤의 반짝임으로 축전을 거행하지만
아침이 오면 해오름을 느끼기라도 하는 것처럼
그들은 창백해지며 혈기 있는 모습을 잃어버리네.

해는 신랑이요 땅은 해를 그리워하는 신부라
그들의 정열적인 사랑은 위대하구나.
달과 별들이 오래도록 땅의 주위를 맴돌았으나
신랑이 오니 그만 꼬리를 감추고 말았구나.

봄바람은 좋은 소식을 알려주는 예언자
만물은 여름이 가까워져 옴을 기념하며 기뻐하네.
땅은 자신을 감싼 하얀 수의를 벗어던지고
부드러운 미소를 띠면서 잠에서 깨어나네.

땅은 온 겨울 내내 신랑인 해를 그리워하며
그렇게 바라던 때를 기다려왔다네.
이제는 해가 내쉬는 숨으로 배가 불러
옛이야기 새처럼 살이 지고 아름다워졌네.

사람은 해를 마주 보지도 못하면서
해의 따뜻함으로 마음을 덥히길 좋아하네.
나는 수없이 황홀해하며 바라보았네,
해가 자기의 황금 천막으로 들어가는 것을.

Жазғытұры

Жазғытұры қалмайды қыстың сызы,
Масатыдай құлпырар жердің жүзі.
Жан-жануар, адамзат анталаса,
Ата-анадай елжірер күннің көзі.

Жаздың көркі енеді жыл құсымен,
Жайраңдасып жас күлер құрбысымен.
Көрден жаңа тұрғандай кемпір мен шал,
Жалбаңдасар өзінің тұрғысымен.

Қырдағы ел ойдағы елмен араласып,
Күлімдесіп, көрісіп, құшақтасып.
Шаруа қуған жастардың мойыны босап,
Сыбырласып, сырласып, мауқын басып.

Түйе боздап, қой қоздап – қора да шу,
Көбелекпен, құспенен сай да ду-ду.
Гүл мен ағаш майысып қарағанда,
Сыбдыр қағып, бұраңдап ағады су.

Көл жағалай мамырлап қу менен қаз,
Жұмыртқа іздеп, жүгіріп балалар мәз.
Ұшқыр атпен зырлатып тастағанда,
Жарқ-жұрқ етіп ілінер көк дауыл баз.
Құс қатарлап байлаған қанжығаға
Қыз бұраңдап жабысып, қылады наз.

Жазға жақсы киінер қыз-келіншек,
Жер жүзіне өң берер гүл-бәйшешек.
Қырда торғай сайраса, сайда – бұлбұл,
Тастағы үнін қосар байғыз, көкек.

Жаңа пұлмен жамырап саудагерлер,
Диханшылар жер жыртып, егін егер.
Шаруаның бір малы екеу болып,
Жаңа төлмен көбейіп, дәулет өнер.

Безендіріп жер жүзін тәңірім шебер,
Мейірбандық дүниеге нұрын төгер.
Анамыздай жер иіп емізгенде,
Бейне әкеңдей үстіңе аспан төнер.

Жаз жіберіп, жан берген қара жерге
Рахметіне алланың көңіл сенер.
Мал семірер, ақ пенен ас көбейер,
Адамзаттың көңілі өсіп көтерілер.

Қара тастан басқаның бәрі жадырап,
Бір сараңнан басқаның пейілі енер.
Тамашалап қарасаң тәңірі ісіне,
Бойың балқып, ериді іште жігер.

Кемпір-шал шуақ іздеп, бала шулар,
Мал мазатсып, қуанып, аунап-қунар.
Жыршы құстар әуеде өлең айтып,
Қиқу салар көлдегі қаз бен қулар.

Күн жоқта кісімсінер жұлдыз бен ай,
Ол қайтсін қара түнде жарқылдамай.
Таң атқан соң шығарын күннің біліп,
Өңі қашып, бола алмас бұрынғыдай.

Күн – күйеу, жер – қалыңдық сағынышты,
Құмары екеуінің сондай күшті.
Түн қырындап жүргенде көп қожаңдап,
Күйеу келді, ай, жұлдыз к... қысты.

Ай, жұлдызға жылы жел хабар беріп,
Жан-жануар қуанар тойға елеріп.
Азалы ақ көрпесін сілке тастап,
Жер күлімдер, өзіне шырай беріп.

Күн – күйеуін жер көксеп ала қыстай,
Біреуіне біреуі қосылыспай,
Көңілі күн лебіне тойғаннан соң
Жер толықсып, түрленер тоты құстай.

Адам тіктеп көре алмас күннің көзін,
Сүйіп, жылып тұрады жан лебізін.
Қызыл арай сары алтын шатырына,
Күннің кешке кіргенін көрді көзім.

_1890

여름

무더위가 고집을 부리니
풀과 나무들 줄기마다
한껏 아름다움을 뽐내며 자라나네.
강둑이 있는 마을이 부산을 떨고
강물이 굽이치며 환호하네.
풀잎에 몸이 가려진 수말들
눈길 닿는 곳마다 척추들이 어른거리고
암말들의 옆구리도 언뜻언뜻 내비치네,
그들은 한숨을 쉬며 히힝거리네, 배가 부르다고.
그리고 풀숲에서 몸을 식히며 서있구나,
이따금씩 꼬리를 들어 올리면서.
주위에는 망아지들 뛰노는데
발을 구르며 만족해하고
호숫가의 새들은 소리를 지르며
부리나케 물위로 날아가네.
천막집의 새각시들은 천막뼈대를 높이고는
무리지어 서성거리다가
팔굽을 마주치며 까르르 웃네,
서로 앞 다투어 소곤거리면서.
부자는 풀어놓은 집짐승을 돌아보고
아무런 걱정 없이
진달음으로 말을 몰아
서둘러 마을로 돌아가네.
말젖술통 주위에는 노인들

앉아서 이야기를 나누고 있구나,
무엇이 우스운지 수염을 막 흔들면서.
하인은 고기조각을 얻어먹으려고
몰래 아이를 보내
제 어미에게 떼를 쓰며 조르게 하네.
노인들 위에는 더위를 막는 처마가 있고
그 밑에는 화려한 주단들이 깔렸어라
찻주전자는 부글부글 끓어오르는데
그들은 놀음에 열중해 있구나.
이제 네 개의 말굽으로 질주하는 말처럼
박식한 사람들이 이야기를 시작하고
다른 사람들은 능숙하게 고개를 끄덕이네,
믿음의 눈길로 그들의 입만 바라보면서.
하얀 옷을 입은 노인은
지팡이를 끌고 와서
힘차게 목동들을 꾸짖네,
"양 떼를 몰지 않고 뭘 꾸물거리느냐!"
그리고는 소란을 피우네, 혹 부자가
불쌍한 자기를 보고 칭찬해주리라 믿으면서.
부자는 그를 가엽게 여겨 제 곁으로 부르리라,
말젖술도 한 잔 부어주리라.
말떼를 치는 이들은
윗옷소매 끝을 접어올리고
아침부터 말을 길들이다
긴장과 걱정에 지쳐서 집으로 돌아가네.
총을 쏘고 소리를 지르며

서두르는 젊은 무리들은
기슭을 따라 사냥물을 찾고 있구나.
매 한 마리 잠시 물위에 나타나더니
날개 치는 거위를
쏜살같이 내리꽂아 낚아채 오르네.
날이 저무니 한낮의 분주함이 완전히 사라졌구나,
일을 마치니 무언가 더 얻으려 해도 그럴 힘이 없구나.
우리가 아는 사람 그 불쌍한 노인은
기분이 좋아 외따로 웃으며 서있네,
부자에게 자기의 존경심을 보여주려고.

Жаз

Жаздыгүн шілде болғанда,
Көкорай шалғын, бәйшешек,
Ұзарып өсіп толғанда;
Күркіреп жатқан өзенге,
Көшіп ауыл қонғанда;
Шұрқырап жатқан жылқының
Шалғыннан жоны қылтылдап,
Ат, айғырлар, биелер
Бүйірі шығып, ыңқылдап,
Суда тұрып шыбындап,
Құйрығымен шылпылдап,
Арасында құлын-тай
Айнала шауып бұлтылдап.
Жоғары-төмен үйрек, қаз

Ұшып тұрса сымпылдап.
Қыз-келіншек үй тігер,
Бұрала басып былқылдап,
Ақ білегін сыбанып,
Әзілдесіп сыңқылдап.
Мал ішінен айналып,
Көңілі жақсы жайланып,
Бай да келер ауылға,
Аяңшылы жылпылдап;
Сабадан қымыз құйдырып,
Ортасына қойдырып,
Жасы үлкендер бір бөлек
Кеңесіп, күліп сылқылдап.
Жалшы алдаған жас бала,
Жағалайды шешесін
Ет әпер деп қыңқылдап.
Көлеңке қылып басына,
Кілем төсеп астына,
Салтанатты байлардың
Самаурыны бұрқылдап.
Білімділер сөз айтса,
Бәйгі атындай аңқылдап,
Өзгелер басын изейді,
Әрине деп мақұлдап.
Ақ көйлекті, таяқты
Ақсақал шығар бір шеттен
Малыңды әрі қайтар деп,
Малшыларға қаңқылдап.

Бай байғұсым десін деп,
Шақырып қымыз берсін деп,
Жарамсақсып, жалпылдап.
Шапандарын белсенген,
Асау мініп теңселген
Жылқышылар кеп тұрса,
Таңертеңнен салпылдап.
Мылтық атқан, құс салған
Жас бозбала бір бөлек
Су жағалап құтыңдап.
Қайырып салған көк құсы
Көтеріле бергенде,
Қаз сыпырса жарқылдап.
Өткен күннің бәрі ұмыт,
Қолдан келер қайрат жоқ,
Бағанағы байғұс шал
Ауылда тұрып күледі,
Қошемет қылып қарқылдап.

_1886_

가을

하늘은 어두운 구름의 공격에 둘러싸이고
축축한 안개가 끈끈하게 주위를 덮어버리네.
말들이 지나가네, 암말들이 뛰고 작은 수말들도 뛰어가네,
마치 누군가가 그들을 녹여버릴 듯 위대하고 강력하구나.

지난날과 달리 광야엔 풀도 없고 꽃도 없고
웃음소리도, 아이들의 소란스런 소동도 들리질 않네.
나뭇잎은 모조리 지고 갈대는 벌거벗은 채 갈 길을 잃었어라…
마치 그들 나무와 갈대가 이웃의 걸인 가족이라도 되는 듯.

누군가가 가죽을 무두질하려 하지만,
그러나 구멍이 난 옷을 입고서는 할 수가 없네.
아낙들은 천막집에서 실을 바늘에 끼워 찢어진 천을 깁고
시어미들은 추위에 덜덜 떨면서 바느질을 맡기네.

텃새들이 줄지어 날아다니네, 그들에게는 먼 나라가 필요 없지,
호밀을 찾아 모여든 대상들의 행렬도 멀리 사라지고.
어디서도 산책소음 들리질 않고 명절에 모이는 무리도 보이질 않네,
어디를 가 봐도 모든 곳에 우울함이 있구나.

노인과 노친… 몸을 옹송그리고 있는 어린애…
초원에는 오직 추위만이 침울하게 자기 날을 보내고 있네.
국물도 **뼈다귀**도 들어가지 않은 음식이 나온 날에
개들은 집에 가만히 누워있을 줄 모르고 쥐처럼 빌빌거리네.

유목은 줄어들고 사방천지는 풀 없는 빈 땅뿐
바람이 불기 시작하면 그 누구도 먼지를 피하지 못하네.
카자흐인들은 불을 지펴 검댕을 천막에 묻히지 말라하는데
그런 교만이 어디에 필요한가, 이렇게도 추운 때에?

Күз

Сұр бұлт түсі суық қаптайды аспан,
Күз болып, дымқыл тұман жерді басқан.
Білмеймін тойғаны ма, тоңғаны ма,
Жылқы ойнап, бие қашқан, тай жарысқан.

Жасыл шөп, бәйшешек жоқ бұрынғыдай,
Жастар күлмес, жүгірмес бала шулай.
Қайыршы шал-кемпірдей түсі кетіп,
Жапырағынан айрылған ағаш, қурай.

Біреу малма сапсиды, салып иін,
Салбыраңқы тартыпты жыртық киім.
Енесіне иіртіп шуда жібін,
Жас қатындар жыртылған жамайды үйін.

Қаз, тырна қатарланып қайтса бермен,
Астында ақ шомшы жүр, ол бір керуен.
Қай ауылды көрсең де, жабырқаңқы,
Күлкі-ойын көрінбейді, сейіл-серуен.

Кемпір-шал құржаң қағып, бала бүрсең,
Көңілсіз қара суық қырда жүрсең.
Кемік сүйек, сорпа-су тимеген соң,
Үйде ит жоқ, тышқан аулап, қайда көрсең.

Күзеу тозған, оты жоқ елдің маңы,
Тұман болар, жел соқса, шаң-тозаңы.
От жақпаған үйінің сұры қашып,
Ыстан қорыққан қазақтың құрысын заңы.   _1888

동짓달과 섣달이 돌아왔구나, 이 달들은 고요하여라,
부자는 겨울이 올 때까지 필요한 물건을 건드리지 않으리.
그는 미리 식량을 다 먹어치우는 걸 원치 않아
가을 임시유숙지에서 힘든 시간을 견디네.

목동들은 부자의 집짐승을 치는 것밖에는 모르지,
그들에게 필요한 건 큰 불을 피우기 위한 장작뿐.
그들의 아내들은 부산을 떨며 큰 나무통에서 가죽을 이기네,
자그마한 곳에서 바늘을 꼭꼭 끼우며 남정네들 겉옷을 짓네.

따뜻한 불이 없으면 아이들은 일어나지도 앉지도 못하고
사지를 마음대로 벌리지도 온 몸을 녹이지도 못하지.
만일 거기에 늙은이가 있다면 그들은 힘이 들리라,
바람은 울부짖고 엄혹한 추위는 주위 멀리까지 퍼져있어라.

부자는 늙고 다리를 저는 양을 잡았구나,
가난뱅이는 그런 잔치 상을 꿈조차 꾸지 못하는데.
만일 부자의 아내가 그에게 쇠똥연탄을 반자루쯤 준다면
그것도 아주 큰 선물로 생각해야 하리라.

부자의 아들은 눈이 오고 눈보라가 몰아쳐도 춥지가 않다네,
두꺼운 천으로 천막집이 팽팽하게 씌워져있으니.
하지만 하인의 아들은 언제나 그를 시중한다네,
원하든 원하지 않든 그 어디서든 그의 곁을 지키네.

그 아이는 부자의 천막집에 가기로 미리 정해져 있고
부자의 아들에게서 무언가를 훔쳐오면 그것으로 만족해하네.

그는 언제나 천막집 뒤 짐 놓는 곳에 얼씬거리길 좋아하지,
햇볕이 따뜻이 몸을 녹여줄 장소를 찾아서.

부자와 그의 아내는 제 아들을 극진히 돌보는구나,
그러니 그는 아주 못된 자식으로 자라나리라.
그는 잘 사는 게 수치스러워 친구 앞에서 밥을 넘기질 못하네,
아직 그는 어려도 지혜로움으로는 이미 아이가 아니로구나.

부자는 절대로 가난뱅이와 나누어먹지를 않네,
"열심히 일하면 다 보상받을 것이다"라고 하면서.
부자는 무정하고 하인은 노동에 무심하여라,
하느님은 괜히 이런 쌍을 창조하는, 지나친 일을 하셨구나.

가난뱅이더러 이따금씩 조용히 도둑질 하라고 하라,
부자여 그의 노동을 존중하라, 가축방목이 그리 쉬운 일이 아니니.
봄이 올 때까지 노인과 아이들의 몸을 녹여주라,
어쨌든 그대는 그렇게 미치도록 못살게 구는 눈보라가 아니잖은가.

Қараша, желтоқсан мен сол бір-екі ай –
Қыстың басы бірі ерте, біреуі жәй.
Ерте барсам жерімді жеп қоям деп,
Ықтырмамен күзеуде отырар бай.

Кедейдің өзі жүрер малды бағып,
Отыруға отын жоқ үзбей жағып.
Тоңған иін жылытып, тонын илеп,
Шекпен тігер қатыны бүрсең қағып.

Жас балаға от та жоқ тұрған маздап,
Талтайып қақтана алмай, өле жаздап.
Кемпір-шалы бар болса, қандай қиын,
Бір жағынан қысқанда о да азынап.

Кәрі қой ептеп сойған байдың үйі,
Қай жерінде кедейдің тұрсын күйі?
Қара қидан орта қап ұрыспай берсе,
О да қылған кедейге үлкен сыйы.

Қар жауса да, тоңбайды бай баласы,
Үй жылы, киіз тұтқан айналасы.
Бай ұлына жалшы ұлы жалынышты,
Ағып жүріп ойнатар көздің жасы.

Бай үйіне кіре алмас тұра ұмтылып,
Бала шықса асынан үзіп-жұлып,
Ық жағынан сол үйдің ұзап кетпес,
Үйген жүктің күн жағын орын қылып.

Әкесі мен шешесі баланы аңдыр,
О да өзіңдей ит болсын, азғыр-азғыр.
Асын жөндеп іше алмай қысылады,
Құрбысынан ұялып өңшең жалбыр.

Жалшы үйіне жаны ашып, ас бермес бай,
Артық қайыр артықша қызметке орай.
Байда мейір, жалшыда пейіл де жоқ,
Аңдыстырған екеуін құдайым-ай!

Алса да аяншақтау кедей сорлы,
Еңбек білмес байдың да жоқ қой орны.
Жас бала, кемпір-шалын тентіретпей,
Бір қыс сақта, тас болма сен де о құрлы.

....

겨울

커다란 체구에 흰옷을 입고 하얀 수염을 드리운 이 누군가,
그는 눈도 멀고 벙어리라서 아무의 사정도 봐주지 않네,
머리끝에서 발끝까지 서리가 낀 차가운 얼굴,
어디를 가든 그 어디서든 바람소리를 뿜어내네.
그의 숨결은 살을 에는 듯한 추위와 눈보라,
그대의 옛 사돈인 겨울이 근심을 몰고 찾아왔구나.

그는 구름마냥 털모자를 비틀어지게 눌러쓰고
붉은 얼굴은 매서운 추위를 맞아 더욱 빨개졌구나.
눈썹은 덥수룩이 내려와 두 눈을 가렸는데
눈을 흩뿌리고는 머리를 흔들어 모두를 모질게 괴롭히네.
그러다 분노하면 거침없이 눈보라로 휘날리느니
여섯 개 날개를 가진 천막집도 마구 뒤흔들어놓네.

호기심에 가득 차 밖으로 뛰어다니는 아이들
조막 발도 꽁꽁 얼고 손과 볼은 얼음덩이가 되었구나.
덧옷 위에 털외투를 잡아당겨 입은 목동도
낯을 때리는 바람을 못 견뎌 등을 돌리고 말았어라.

지칠 줄 모르고 뛰어다니는 말들도 기력이 다해
벌써 쇠약해져가네, 겨울눈 가득히 덮인 목장에서.

혹독한 겨울에는 늑대들 사납게 머리를 드밀리라,
목동들아, 늑대가 집짐승을 찢어죽이지 않도록 하라.
새 방목지로 집짐승을 몰아 그들을 지키고
졸지 말고 열중하여 잠의 요새를 깨뜨려라.
차라리 콘듸바이나 카나이*더러 훔쳐가라 하라,
그 저주스런 늙다리인 늑대를 빈손으로 보내주거라.

Қыс

Ақ киімді, денелі, ақ сақалды,
Соқыр, мылқау, танымас тірі жанды.
Үсті-басы ақ қырау, түсі суық,
Басқан жері сықырлап, келіп қалды.
Дем алысы – үскірік, аяз бен қар,
Кәрі құдаң – қыс келіп, әлек салды.

Ұшпадай бөркін киген оқшырайтып,
Аязбенен қызарып ажарланды.
Бұлттай қасы жауып екі көзін,
Басын сіліксе, қар жауып, мазаңды алды.
Борандай бұрқ-сарқ етіп долданғанда,
Алты қанат ақ орда үй шайқалды.

---

* 콘듸바이, 카나이(Қондыбай, Қанай) : 이웃 마을사람 이름

Әуес көріп жүгірген жас балалар,
Беті-қолы домбығып, үсік шалды.
Шидем мен тон қабаттап киген малшы
Бет қарауға шыдамай теріс айналды.
Қар тепкенге қажымас қайран жылқы
Титығы құруына аз-ақ қалды.

Қыспен бірге тұмсығын салды қасқыр,
Малшыларым, қор қылма итке малды.
Соныға малды жайып, күзетіңдер,
Ұйқы өлтірмес, қайрат қыл, бұз қамалды!
Ит жегенше Қондыбай, Қанай жесін,
Құр жібер мына антұрған кәрі шалды.   _1888_

....

매사냥

깊고 부드러운 눈밭으로 매사냥꾼들 사냥을 나가네,
행여 산 바위에 여우가 나타나지 않을까 추적하면서.
훌륭한 말과 충실한 친구는 더없이 만족스러워라,
그리고 편안하고 몸에 딱 맞는 사냥복도.

별안간 흩어진 여우의 흔적을 찾아냈음일까,
그들은 재치 있는 솜씨로 발자국을 따라 나서네.
사냥꾼은 산위로 몰이꾼은 저지로
정확히 방향을 판단하고 사냥물을 내모네.

눈을 가린 가죽 모자를 벗기니 사냥매 먼 곳을 응시하네,
그리고 노획물을 찾아 하늘위로 솟구쳐 오르네.
낮게 날면 여우가 비탈 위로 올라 살아날 수 있음을 알아
피의 눈을 가진 맹금은 재빨리 창공으로 날아오르네.

뛰어가던 여우는 매를 보고 그 자리에서 굳어버리는구나,
도망쳐도 살 수 없음을 아는 까닭에.
허나 입을 벌려 이빨을 드러내고 위협적인 모습을 보이며
여우 역시 자신의 생존을 위해서 싸우네.

사냥꾼들은 이 놀이를 즐거워하리라, 넘어질 것을
두려워하지 않으며 정신없이 말을 타고 달리리라.
마흔 개의 칼을 날카롭게 곤두세운 여우는
사냥매에게 결코 만만치 않은 적수라네.

매는 용사처럼 서슴지 않고 단숨에 덤벼드네,
여덟 개의 창을 쥐고 포획물에서 눈을 떼지 않은 채.
날개와 꼬리는 바람 가르는 소리를 내네,
사냥매가 하늘에서 질풍같이 몸을 내리꽂을 때.

마치 전장에서 한 장수가 적장과 맞붙어 싸우듯
이들은 번쩍거리는 무기처럼 전투를 하네.
하나는 하늘, 다른 하나는 땅의 자유로운 시민,
그들은 사람의 즐거움을 위해 붉은 피를 뿌리네.

눈이 하얗게 쌓인 벌판, 붉은 여우 위의 검은 매는
마치 물장난하는 눈부신 미녀들 같구나.

검은 머리채와 뾰족한 팔꿈치를 들어 올리고
잔등을 문지르고 문지르다 흠칫흠칫 놀라는.

벌거벗고 굽실굽실한 검은 머리채
분홍빛을 띤 곱고 새하얀 얼굴을 감춰주네…
마치 아름다운 신랑과 신부가
잠자리에서 사랑놀음에 빠져있는 듯.

뒤에서 매의 날개가 부산스럽게 흔들리네,
그가 노획물을 깔아뭉갠 뒤 기뻐하며 맴돌 때에.
매도 주인도 목을 쳐들고 자랑스러워하네,
예순두 개의 간계를 가진 여우를 잡은 후에.

"그대의 말 떼가 서른아홉배로 많아지기를!"
사냥물을 선물 받은 노인들이 행운을 빌어주네.
겨울 모자를 흔든 다음 머리에 눌러쓰고
씹는 담배를 입에 넣으니 기분 절로 좋아라…

만일 노획물을 산열매 따듯 모은다면
자신의 열정과 흥분을 진정시킬 수 있으리라.
가슴에는 나쁜 생각들이 없어라,
그대와 매가 마치 한 정신세계에 있듯이.

이 놀이에서는 그 누구도 해를 입지 않느니
이것은 내가 지금껏 보아온 가장 순진한 것이라.
깊이 생각해본다면 알만하지 않은가,
누구의 심장에 인간성이 있고 마음이 신중한지를.

하지만 알지 못하리라, 빈둥거리며 이걸 무시하는 자는.
살펴보지 않는 자, 이 그림의 아름다움을 모르리라.
허나 그대의 머리에는 그림자가 선명해지리라,
만약 그대가 모든 말마디를 생각하고 곱씹어본다면.
만약 사냥책을 읽으려거든 젊은이와 사냥꾼더러 읽게 하라,
매사냥을 해보지 않은 자 인생의 참맛을 알지 못하느니.

Қансонарда бүркітші шығады аңға,
Тастан түлкі табылар аңдығанға.
Жақсы ат пен тату жолдас – бір ғанибет,
Ыңғайлы ықшам киім аңшы адамға.
Салаң етіп жолықса қайтқан ізі,
Сағадан сымпың қағып із шалғанда.
Бүркітші тау басында, қағушы ойда,
Іздің бетін түзетіп аңдағанда.
Томағасын тартқанда бір қырымнан,
Қыран құс көзі көріп самғағанда.
Төмен ұшсам түлкі өрлеп құтылар деп,
Қандыкөз қайқаң қағып шықса аспанға,
Көре тұра қалады қашқан түлкі,
Құтылмасын білген соң құр қашқанға.
Аузын ашып, қоқақтап, тісін қайрап,
О да талас қылады шыбын жанға.
Қызық көрер, көңілді болса аңшылар,
Шабар жерін қарамай жығылғанға.
Қырық пышақпен қыржыңдап тұрған түлкі,
О дағы осал жау емес қыран паңға.

Сегіз найза қолында, көз аудармай,
Батыр да аял қылмайды ертең таңға.
Қанат, құйрық суылдап, ысқырады,
Көктен қыран сорғалап құйылғанда.
Жарқ-жұрқ етіп екеуі айқасады,
Жеке батыр шыққандай қан майданға.
Біреуі – көк, біреуі – жер тағысы,
Адам үшін батысып қызыл қанға.
Қар – аппақ, бүркіт – қара, түлкі – қызыл,
Ұқсайды хасса сұлу шомылғанға.
Қара шашын көтеріп екі шынтақ,
О да бүлк-бүлк етпей ме сипанғанда,
Аппақ ет, қып-қызыл бет, жап-жалаңаш,
Қара шаш қызыл жүзді жасырғанда.
Күйеуі ер, қалыңдығы сұлу болып,
Және ұқсар тар төсекте жолғасқанға.
Арт жағынан жауыры бүлкілдейді,
Қыран бүктеп астына дәл басқанда.
Құсы да иесіне қоразданар,
Алпыс екі айлалы түлкі алғанда.
«Үйірімен үш тоғыз» деп жымыңдап,
Жасы үлкені жанына байланғанда.
Сілке киіп тымақты, насыбайды
Бір атасың көңілің жайланғанда.
Таудан жиде тергендей ала берсе,
Бір жасайсың құмарың әр қанғанда.
Көкіректе жамандық еш ниет жоқ,
Аң болады кеңесің құс салғанда

Ешкімге зияны жоқ, өзім көрген
Бір қызық ісім екен сұм жалғанда.
Көкірегі сезімді, көңілі ойлыға
Бәрі де анық тұрмай ма ойланғанда.
Ұқпассың үстірт қарап бұлғақтасаң,
Суретін көре алмассың, көп бақпасаң.
Көлеңкесі түседі көкейіңе,
Әр сөзін бір ойланып салмақтасаң.
Мұны оқыса, жігіттер, аңшы оқысын,
Біле алмассың, құс салып дәм татпасаң.   _1882_

....

말에 대한 묘사

짙은 앞머리와 갈대 같은 귀를 가지고
긴 목과 흘겨보는 눈길은 정녕 야성적이어라.
드센 목덜미와 명주 같은 갈기,
목덜미 아래에는 큰 보조개가 있구나.

콧구멍은 넓고 입술은 크고 두툼하며
또 척추는 산줄기마냥 강하구나.
살진 근육으로 장난치며 가슴도 넓어
먹이를 포획한 매 마냥 억세고 거칠어라.

점토지대처럼 고르고 둥그런 말굽에
넓게 벌려 드리워진 종아리,

경쾌한 긴 다리로 걸음을 내딛는데
어깨뼈는 세상처럼 넓기도 하지.

갈라진 궁둥이, 오목한 몸통, 넓은 옆구리는
아무리 봐도 말안장에 제격이로구나.
메마르고 짧은 꼬리엔 뻣뻣한 털,
꼬리 밑은 불룩하고 튼실하게 살이 쪘구나.

낮은 복사뼈와 네모난 살덩어리,
잘 뛰고 튼튼한 둥근 엉덩이 좀 보게.
배 밑은 반듯하고 얇고 홀쭉한데
다리 사이에 눌려있는 통통한 고환주머니.

뼈마디는 유연하고 종아리는 넓어라
달릴 때는 바람처럼 경쾌하여라.
나는 그를 붙잡아 천막에 매어두고 싶네,
그가 눈을 흘기는 걸 홀로 보며 즐기려고.

그는 초원이 분노하도록 이를 갈며
곧장 달리고 그 주력은 빠르고 강하지,
경주에선 경쟁적이지만 달릴 땐 충직하고,
이런 말이 없다면 망신 아닌가.

말은 어찌나 빠른지 털모자가 치솟고
꾀꼬리처럼 절로 하늘을 오른 듯하여라.
이 귀한 말 타타르 산양보다 빨라
이것만 생각하면 기분이 나른해진다네!…

Шоқпардай кекілі бар, қамыс құлақ
Қой мойынды, қоян жақ, бөкен қабақ.
Ауызомыртқа шығыңқы, майда жалды,
Ой желке, үңірейген болса сағақ.

Теке мұрын, салпы ерін, ұзын тісті,
Қабырғалы, жоталы, болса күшті.
Ойынды еті бөп-бөлек, омыраулы,
Тояттаған бүркіттей салқы төсті.

Жуан, тақыр бақайлы, жұмыр тұяқ,
Шынтағы қабырғадан тұрса аулақ.
Жерсоғарлы, сіңірлі, аяғы тік
Жауырыны етсіз, жалпақ тақтайдай-ақ.

Кең сауырлы тар мықын, қалбағайлы,
Алды-арты бірдей келсе, ерге жайлы.
Күлте құйрық, қыл түбі әлді келіп,
Көтендігі шығыңқы, аламайлы.

Ұршығы төмен біткен, шақпақ етті,
Өзі санды, дөңгелек келсе көтті.
Сырты қысқа, бауыры жазық келіп,
Арты талтақ, ұмасы үлпершекті.

Шідерлігі жуандау, бота тірсек,
Бейне жел, тынышты, екпінді мініп жүрсек.
Екі көзін төңкеріп, қабырғалап,
Белдеуде тыныш тұрса, байлап көрсек.

Тығылмай әм сүрінбей жүрдек көсем,
Иек қағып, еліріп жүрсе әсем.
Шапса жүйрік, мінсе берік, жуан, жуас,
Разы емен осындай ат мінбесем!

Аяңы тымақты алшы кигізгендей,
Кісіні бол-бол қағып жүргізгендей.
Шапқан атқа жеткізбес бөкен желіс,
Ыза қылдың қолыма бір тигізбей.   _1886

공작꽁지깃 빛깔을 띤
나비들이

프줄리, 샴씨, 싸이할리
나보이, 싸그디, 피르도우씨,
하피즈* ─ 그들 모두의 영혼이
시인에게 노래를 부르도록 힘을 주라하라.

Фзули, Шәмси, Сәйхали,
Навои, Сағди, Фирдоуси,
Хожа Хафиз – бу һәммәси
Мәдәт бер шағири фәрияд.

....

공작꽁지깃 빛깔을 띤 나비들이
여름 골짜기마다 분주히 날리라.
튤립 꽃 시들어 목을 구부리면
그 나비들도 죽어 없어지리라.

사람에게 필요한 것이 무엇인가,
사랑하고 느끼고 슬퍼하며

* 프줄리(Фзули Мухаммед Сулейманоглы, 1494-1556) : 아제르바이잔의 시인
  샴씨(Шәмси, 1247년 사망) : 페르시아 ─ 타지키스탄의 시인
  싸이할리(Сәйхали, 15세기) : 동양의 윤리사료인 『디바나 싸이할리』의 저자
  나보이(A. Навои, 1441-1501) : 우즈베키스탄의 위대한 시인
  싸그디(Сағди) 또는 싸아디(Саади, 13세기 초 ─ 1292) : 페르시아 고전문학자
  피르도우씨(Фирдоуси, 10-11세기) : 이란의 위대한 시인
  하피즈(Хафиз, 1389년 사망) : 위대한 페르시아어 시인

움직이고 바삐 서두르는 것
생각하고 현명하게 말하는 것이니.

시간은 우리 모두를 이끄는 자
저 세월을 다스릴 자 누군가?
너절한 인간이 촌음에 매여 사느니
우린 시간이 이기는 반죽 같은 것

Тоты құс түсті көбелек
Жаз сайларда гулемек.
Бәйшешек солмақ, күйремек,
Көбелек өлмек, сиремек.

Адамзатқа не керек:
Сүймек, сезбек, кейімек,
Харекет қылмақ, жүгірмек,
Ақылмен ойлап сөйлемек.

Әркімді заман сүйремек,
Заманды қай жан билемек?
Заманға жаман күйлемек,
Замана оны илемек.

_1902

똑딱거리는 시계소리는 공연한 놀음이 아니라
삶이 순차대로 흐름을 보여주는 것
매 분 매 초가 흡사 인생과 같아서
가고 죽으면 다시는 돌아올 수 없는 운명

시계는 똑딱거리며 날마다 남몰래
인생을 훔쳐가는 도둑.
불안하고 변덕스럽게 왔다가 가버리고는
되돌아오지도, 모호한 시기를 향하지도 않아라.

똑딱거림은 바로 가버린 인생의 상징
매일 마음을 부러뜨리거나 위로할 수 있구나.
그대의 행동은 분명코 지혜가 쓸어가곤 했는데
괜히 잊어버린 듯 그대는 꾀를 부리네.

날이 모여 달이 되고 열두 달이 한해가 되고
해가 모여 이렇게 늙어가게 만드네.
기대하던 행복이 공중누각으로 밝혀졌거든
정의의 하느님이시여, 자유를 해방시켜주옵소서

Сағаттың шықылдағы емес ермек,
Һәмишә өмір өтпек – ол білдірмек.
Бір минут бір кісінің өміріне ұқсас,
Өтті, өлді, тағдыр жоқ қайта келмек.

Сағаттың өзі – ұры шықылдаған,
Өмірді білдірмеген, күнде ұрлаған.

Тиянақ жоқ, тұрлау жоқ, келді, кетті,
Қайта айналмас, бұрылмас бұлдыр заман.

Өткен өмір белгісі – осы сыбдыр,
Көңілді күнде сындыр, әлде тындыр.
Ақыл анық байқаған қылығыңды,
Қу шыққансып қағасың босқа бұлдыр.

Күн жиылып ай болды, он екі ай – жыл,
Жыл жиылып, қартайтып қылғаны – бұл.
Сүйенген, сенген дәурен жалған болса,
Жалғаны жоқ бір тәңірім, кеңшілік қыл.

_1896

....

다가오는 것은 짙은 안개에 감춰졌고
주위엔 희망을 안고 기다리는 수많은 눈들.
날들의 먼지를 일으키며 해가 흐르네
가문도, 모든 것의 모양도 모르는 채

이 날들은 영원히 가버린 날들처럼
지나가고 사라지리라, 자취도 남기지 않고.
그리고 그들 어느 행렬엔가에 최후심판의 날이 오리라,
하느님은 알고 계시지, 어디서 언제 오는지.

기억하라, "나"는 이성이고 "몸"은 나의 것,
우린 두 개의 다른 본질 속에서 평화롭게 살고 있음을.

육체 없는 "나"는 처음부터 불멸하지만
"나의 것"은 구원할 수 없구나, 그걸 너무 슬퍼하지 마라.

그런데 소유의 연기가 그대들을 붙잡느니
그대가 누리는 육체의 기쁨은 헤아릴 수 없구나.
하지만 명예와 사랑, 공평성과 양심은
죽음의 문턱에서 기념비를 세우리라.

그대가 자기의 열정을 집짐승과 바꿔먹고
자신의 깨끗한 몸을 더럽힐지라도
그대는 삶 자체보다 더 환상적일 수는 없는 법,
삶은 모든 기쁨을 조용히 훔쳐갈 것이니.

진실치 못한 이는 온 누리를 자기 것으로 여기고
세상을 제 것으로 만들려는 열심을 갖네.
그러나 마음이 육체로부터 갈라지고 나면
그런 열심이 무엇에 필요한가? 허나 그를 억제할 수 없구나.

실패를 해온 사람들을 불쌍히 여기라
그리고 사람들에게 애를 써서 봉사하라.
하느님이 사랑하는 것을 그대가 사랑했기에
하느님은 그대를 매우 사랑할 것이니.

봉사하되 모두에게 하진 말고 군중과 섞이지도 마라,
군중 속에서 버림받은 자는 매일 죽느니.
선과 공평함은 의식의 기본이니
그것들이 있는 곳은 어디나 무심히 지나치지 마라

누구는 그대보다 날쌔고 또 누구는 더 박식할지라도
사람은 누구나 자기만의 걱정에 휩싸여 사는 것.
비열한 자들은 괜히 얕은 곳에서 수고하지만
신앙과 진실은 바다보다 더 깊으니라.

Көк тұман – алдыңдағы келер заман,
Үмітті сәуле етіп көз көп қадалған.
Көп жылдар көп күнді айдап келе жатыр,
Сипат жоқ, сурет те жоқ, көзім талған.

Ол күндер – өткен күнмен бәрі бір бәс,
Келер, кетер, артына із қалдырмас.
Соның бірі – арнаулы таусыншақ күн,
Арғысын бір-ақ алла біледі рас.

Ақыл мен жан – мен өзім, тән – менікі,
«Мені» мен «менікінің» мағынасы – екі.
«Мен» өлмекке тағдыр жоқ әуел бастан,
«Менікі» өлсе өлсін, оған бекі.

Шырақтар, ынталарың «менікінде»,
Тән құмарын іздейсің күні-түнде.
Әділеттік, арлылық, махаббат пен –
Үй жолдасың қабірден әрі өткенде.

Малға сат, пайдаға сат қылығыңды,
Ылайла ылай оймен тұнығыңды, –
Сонда өмірден алдамшы бола алмассың,
Ол білдірмей ұрламақ қызығыңды.

Адам ғапыл дүниені дер менікі,
Менікі деп жүргеннің бәрі оныкі.
Тән қалып, мал да қалып, жан кеткенде,
Сонда, ойла, болады не сенікі?

Мазлұмға жаның ашып, ішің күйсін,
Харекет қыл, пайдасы көпке тисін.
Көптің қамын әуелден тәңірі ойлаған,
Мен сүйгенді сүйді деп иең сүйсін.

Көптің бәрін көп деме, көп те бөлек,
Көп ит жеңіп көк итті күнде жемек.
Ғадаләт пен мархамат – көп азығы,
Қайда көрсең, болып бақ, соған көмек.

Әркімнің мақсаты өз керегінде,
Біле алмадым пысығын, зерегін де.
Саяз жүзер сайқалдар ғапыл қалар,
Хақиқат та, дін дағы тереңінде.

_1897

아는 것이 없으면 자랑하지 마라
먼저 너 자신을 찾고 그 다음에 놀라
너무 많이 웃지 마라
그 즐거움은 텅 빈 것이다.
너는 다섯 가지 나쁜 것을 피하고
이 다섯 가지의 갈망을 알라
네가 사람들과 어울리려 한다면.
네가 삶을 사랑한다면
네 인생에서 모든 것이 이루어지리라.
허풍과 거짓이 무엇인지 알아오라,
게으름, 뒷소리, 술판에 버리는 돈들
너의 원수들은 어디에나 있다.
그러나 생각, 노력, 갈망의 높이,
적은 것으로 만족하는 것, 선량함은
일에 존재하는 다섯 가지의 기적이다.
악을 보는 순간, 또 보면 알 수 있는 악의에
정을 붙이지 마라
선의 모범을 보거든 그 방식과 구조를 기억해두라.
공허한 어린이 짓과 이별한다면
어찌 학문에서 성공하지 않을 수 있겠는가.
비슷하지 않아도 같아지도록 노력해 보라,
아는 것이 많고 박식한 사람과.
그와 비슷해질 수 없다고는
절대로 말하지 마라.
학문에 열중하면
그것이 모든 것을 대신해줄 수 있으리라.

지식을 어찌해야 하는가, 네 안에서
불이 타오르지 않고 꺼졌을 때에는,
그리고 현명한 사람들의 생각 속에서
불타는 사랑에 휩싸여있을 때에는.
머리로 납득되지 않으면
그 누구의 법도 받아들이지 마라.
이 말을 지혜로운 노인더러 하라고 하라
아니면, 무엇인가 의심스러울 때엔
부자든 아니든 그 누구도 믿지 마라.
죽더라도 진실에 휩싸이고
무지 앞에서 떨지 마라.
어리석은 이들의 의견이 코란이 아니지 않느냐
만일 격분한다면 자기주장을 고집하라.
너는 사람들 앞에서
조금이라도 자신을 드러내서는 안 된다.
누군가가 무슨 글을 썼다 해도
중요한 건 작가가 아니라 본질이 아니던가.
세상에는 이런 사람들이 얼마나 많았던가,
혓바닥들을 놀리는 자들, 연설가들,
달리고 또 달리는 지도자의 준마들.
헌데? 그들 모두 다 사라졌구나.
생각해보고 재보라 그것이 옳은 길이다.
너의 이성이 받아들이지 않을 때에는
공포감 버리듯 버려도 되고 비웃어도 된다.
마음에 들 때에는
받아들여라, 의미를 펼치기 위하여.

바보들은 많다, 그러나 지식은 드물다,
기억하라, 군중들의 견해가 중요한 것이 아님을.
가까운 사람들의 의견이 달콤해도
그들을 따르려하지 마라.
친척들이건 타인들이건
무지한 자들을 절대로 믿지 마라.
그들은 아무데서나 너를 기다린다.
자신의 머리로 사는 것을 배워라
악을 보면 돌아서라
모든 생각들이 꽃피어날 것이니.
무엇하러 타인에게서 배울 것인가
그들에게는 네가 가진 지식이 없지 않은가,
그러면 네 수고가 다 공염불이 되리라.
사람의 말을 듣고 그를 평가하라
그러나 외모를 보고 말을 기다리지는 마라
생각의 본질을 알아보라
거짓이 자신을 혼란시키지 못하게 하라
뛰어난 학자요 현자인 다우아니*가
우리에게 이에 대해 쓰고 있다.
진실 때문에 그는 존경 받는다.
그의 책을 읽어보고 마음으로 더 용감해져라
알았으면 그것을 지킬 줄 알라
너 아직 어리므로 부지런 하라.

---

* 다우아니(Мухаммад ибн Асхад ад-Дауани, 1427-1501) : 타지키스탄의 학자. 동방 소요학파
  계보의 사상가.

Ғылым таппай мақтанба,
Орын таппай баптанба,
Құмарланып шаттанба,
Ойнап босқа күлуге.
Бес нәрседен қашық бол,
Бес нәрсеге асық бол,
Адам болам десеңіз.
Тілеуің, өмірің алдыңда,
Оған қайғы жесеңіз.
Өсек, өтірік, мақтаншақ,
Еріншек, бекер мал шашпақ –
Бес дұшпаның, білсеңіз.
Талап, еңбек, терең ой,
Қанағат, рақым, ойлап қой –
Бес асыл іс, көнсеңіз.
Жамандық көрсең нәфрәтлі,
Суытып көңіл тыйсаңыз.
Жақсылық көрсең ғибрәтлі,
Оны ойға жисаңыз.
Ғалым болмай немене,
Балалықты қисаңыз?
Болмасаң да ұқсап бақ,
Бір ғалымды көрсеңіз.
Ондай болмақ қайда деп,
Айтпа ғылым сүйсеңіз.
Сізге ғылым кім берер,
Жанбай жатып сөнсеңіз?
Дүние де өзі, мал да өзі,

Ғылымға көңіл берсеңіз.
Білгендердің сөзіне
Махаббатпен ерсеңіз.
Ақыл сенбей сенбеңіз,
Бір іске кез келсеңіз.
Ақсақал айтты, бай айтты,
Кім болса, мейлі, сол айтты –
Ақылменен жеңсеңіз.
Надандарға бой берме,
Шын сөзбенен өлсеңіз.
Аят, хадис емес қой,
Күпір болдың демес қой,
Қанша қарсы келсеңіз.
Көп орында көріне айтпа,
Біздің сөзге ерсеңіз.
Мұны жазған кісінің
Атын білме, сөзін біл!
Осы жалған дүниеден
Шешен де өткен не бұлбұл,
Көсем де өткен не дүлдүл.
Сөз мәнісін білсеңіз,
Ақыл – мизан, өлшеу қыл.
Егер қисық көрінсе,
Мейлің таста, мейлің күл.
Егер түзу көрінсе,
Ойлап-ойлап, құлаққа іл.
Ақымақ көп, ақылды аз,
Деме көптің сөзі пұл.

Жақынның сөзі тәтті деп,
Жақыным айтты дей көрме.
Надандықпен кім айтса,
Ондай түпсіз сөзге ерме.
Сізге айтамын, хаупім – бұл.
Өзің үшін үйренсең,
Жамандықтан жиренсең,
Ашыларсың жылма-жыл.
Біреу үшін үйренсең,
Біреу білмес, сен білсең,
Білгеніңнің бәрі – тұл.
Сөзіне қарай кісіні ал,
Кісіге қарап сөз алма.
Шын сөз қайсы біле алмай,
Әр нәрседен құр қалма.
Мұны жазған білген құл –
Ғұламаһи Дауани,
Солай депті ол шыншыл.
Сөзін оқы және ойла,
Тез үйреніп, тез жойма,
Жас уақытта көңіл – гүл.

_1886

젊은 시절 나는 학문을 중시하지 않았었네,
그 유익함을 알면서도 배우려 애쓰지 않았네.
어른이 되니 그건 접근할 수 없는 것이 되어버렸고
그걸 난 너무나도 늦게 알아차렸네.
내게 아무 것도 남아있지 않은 것이 누구 잘못일까?
만일 내가 공부했다면 지금 이렇게 되어있을까?

사람의 기쁨 중에 하나는 아이들,
하여 난 아이들을 가르치는 것에 반대하지 않았네.
나는 공부하라고 아들을 학교에 보냈네,
근무나 하며 관직을 받으라고 보낸 것이 아니고.

그리고 나 자신도 달라져 산마루로 올라서기 시작했네,
웅변에서는 어느 카자흐인도 날 당하지 못하게 되었네.
그러나 애석하구나, 그대의 수고를 알아줄 사람이 없으니,
결국에는 조용한 인생이 옳은 것이라 인정하고 말았다네.

Жасымда ғылым бар деп ескермедім,
Пайдасын көре тұра тексермедім.
Ержеткен соң түспеді уысыма,
Қолымды мезгілінен кеш сермедім.
Бұл махрұм қалмағыма кім жазалы,
Қолымды дөп сермесем, өстер ме едім?

Адамның бір қызығы – бала деген,
Баланы оқытуды жек көрмедім.
Баламды медресеге біл деп бердім,
Қызмет қылсын, шен алсын деп бермедім.

Өзім де басқа шауып, төске өрледім,
Қазақта қара сөзге дес бермедім.
Еңбегіңді білерлік еш адам жоқ,
Түбінде тыныш жүргенді теріс көрмедім.   _1885

....

시|문학은 고결하고 존귀한 말들의 황제
그대의 재능은 맞지 않는 것도 맞게 하는 것이다
그것이 모든 곳에 똑같은 정열을 가져다주며
우리의 혀와 심장을 기쁘게 해주라 하자

그러나 다른 언어들이 더러워지기 시작하면
그 시인은 우리 안에서 재능이 없는 것이다.
말하는 사람과 듣는 사람은 같고도 같다,
귀 없고 눈 없는 무지한 사람의 한 쌍.

코란의 구절과 예언자의 말들은 기본 중의 기본.
이행시에 삽입된 것은 무언가를 덮는 것과 같아
만일 언어가 내용으로도 멋있지 않다면,
하느님과 예언자는 묵언으로 표현했으리라.

예배당에서 설교를 하는 승려는
기도하며 운명을 저주하는 성스러운 사람
매 사람들은 할 수 있는 만큼 노력한다.
자기 방식대로 머리에 있는 것을 짓는다.

누구나 자신을 시를 쓸 수 있는 사람으로 여기지만
시문학은 가끔씩 그들의 부름에 귀가 멀었다.
겉의 번쩍거림이 없는 귀중한 시들을
아직 카자흐인 중 어느 누구도 짓지 못했다.

내가 늙은 판관들을 살펴보았다,
그들은 말할 때 속담을 아주 귀중히 여긴다.
음유시인들도 어두운 무지에 있는 것이다,
그들은 아무 데도 쓸 모 없는 허튼말을 한다.

코브즈와 돔브라*로 사람들 속에서 노래 부르며
그들은 앞에 보이는 아무나 칭찬한다.
그건 더러운 매수, 그들은 언어를 모욕했다,
돔브라를 가지고 아무 고장이나 다니면서.

그들은 탐욕으로 불타 애를 쓴다,
주인들을 간사한 눈으로 바라보면서.
남의 편으로 부끄럼 없이 기어들어가
너무나도 현명하게 제 고장을 노래한다.

아부를 좋아하는 부자에게로 간다,
더 많은 집짐승을 가질 수 있다고 믿고.
카자흐인은 시를 존경하지 않는다
허황된 말 하는 것을 영광으로 생각할 뿐.

---

* 코브즈, 돔브라 : 카자흐스탄과 중앙아시아 전통의 2현악기들.

판관들과 달리 나는 언어를 장식하지 않겠다,
또 음유시인들처럼 아부하며 울지도 않겠다.
내 말을 듣는 자여 보이는가, 언어가 깨끗해진 것이
그대도 이 말의 정신에 맞는 사람이 되라.

그들은 장수들의 전쟁을 찬양하고
여인들에 대해 노래하지, 그들의 수요를 높이며.
차라리 한가하게 시간을 죽이는 것이 기쁘리라
그대는 매 말마디를 신중히 들었으리라

이성적인 말은 백성들이 듣지 않는다,
그들은 자기 것을 받아들이려 움직이지 않으며
너무나 무지하여 될 수 없을 만큼 철면피하다.
미안하구나, 이것이 그대를 자극했다면.

조용히 발끝으로 조각들을 긁어 뜯느라 애쓰며
사람마다 무언가를 얻으려고 노력한다.
어찌 그리 교만하고 욕심 많은 것들이 쟁취할 수 있겠는가,
고귀하고도 귀중한 열린 본질을?

수치스러운 방법으로 제 집짐승을 더 많이 취하면서
교활하다는 말을 미리 듣는 것을 기뻐한다.
평화로운 부자도 원수들이 위협한다,
그도 곤경에 빠질 거라고 믿으면서.

정직, 양심, 열중과 명예,
그 누구도 이 중 어느 것 하나 더 좋아하려 하지 않는다.

그 누구도 지식을 찾지 않고 깊은 생각도 찾지 않는다,
비방과 뒷소리들을 터럭처럼 비벼버리며.

Өлең – сөздің патшасы, сөз сарасы,
Қиыннан қиыстырар ер данасы.
Тілге жеңіл, жүрекке жылы тиіп,
Теп-тегіс жұмыр келсін айналасы.

Бөтен сөзбен былғанса сөз арасы,
Ол – ақынның білімсіз бишарасы.
Айтушы мен тыңдаушы көбі надан,
Бұл жұрттың сөз танымас бір парасы.

Әуелі аят, хәдис – сөздің басы,
Қосарлы бәйітмысал келді арасы.
Қисынымен қызықты болмаса сөз,
Неге айтсын пайғамбар мен оны алласы.

Мешіттің құтпа оқыған ғұламасы,
Мүнәжәт уәлилердің зар наласы.
Бір сөзін бір сөзіне қиыстырар,
Әрбірі келгенінше өз шамасы.

Өлеңге әркімнің-ақ бар таласы,
Сонда да солардың бар таңдамасы.
Іші алтын, сырты күміс сөз жақсысын
Қазақтың келістірер қай баласы?

Бұрынғы ескі биді тұрсам барлап,
Мақалдап айтады екен, сөз қосарлап.
Ақындары ақылсыз, надан келіп,
Көр-жерді өлең қыпты жоқтан қармап.

Қобыз бен домбыра алып топта сарнап,
Мақтау өлең айтыпты әркімге арнап.
Әр елден өлеңменен қайыр тілеп,
Кетірген сөз қадірін жұртты шарлап.

Мал үшін тілін безеп, жанын жалдап,
Мал сұрап біреуді алдап, біреуді арбап.
Жат елде қайыршылық қылып жүріп,
Өз елін бай деп мақтар құдай қарғап.

Қайда бай мақтаншаққа барған таңдап,
Жиса да, бай болмапты, қанша малды ап.
Қазаққа өлең деген бір қадірсіз,
Былжырақ көрінеді солар даңдақ.

Ескі бише отырман бос мақалдап,
Ескі ақынша мал үшін тұрман зарлап.
Сөз түзелді, тыңдаушы, сен де түзел,
Сендерге де келейін енді аяңдап.

Батырды айтсам ел шауып алған талап,
Қызды айтсам, қызықты айтсам қыздырмалап,
Әншейін күн өткізбек әңгімеге
Тыңдар едің әр сөзін мыңға балап.

Ақыл сөзге ынтасыз, жұрт шабандап,
Көнгенім-ақ соған деп жүр табандап.
Кісімсінген жеп кетер білімсіз көп,
Жіберсем, өкпелеме, көп жамандап.

Амалдап қарағайды талға жалғап,
Әркім жүр алар жердің ебін қамдап.
Мақтан қуған, малқұмар нені ұға алсын,
Шықпаса мыңнан біреу талғап-талғап.

Мал жиып арамдықпен ұрлап-қарлап,
Құсың десе, қуанып жүр алшаңдап.
Қақса-соқса бір пайда түсе ме деп,
Елдің байын еліртіп «жау мұндалап».

Ынсап, ұят, ар, намыс, сабыр, талап–
Бұларды керек қылмас ешкім қалап.
Терең ой, терең ғылым іздемейді,
Өтірік пен өсекті жүндей сабап.

_1887

라기프[*]는 불과 불길로 태어나
하늘의 번개로 번쩍이네.
그가 거기서 비로 내릴 때
땅은 꽃을 피워 놀라게 해주리라.

누가 무엇인가에 얻어맞았다면
그건 행운이 그를 좋아하지 않는 증거.
말로 번쩍임은 하늘의 선물이니
이를 아는 자 그들과 장난질하지 않네.

불인지 불길인지 누가 아는가?
누가 메마른 열정의 말들을 이해하는가?
그대들은 자신의 가문을 갉아먹고 있음이라
부자여, 그대는 마음이 빈약한 자로다.

그대들은 어서 단념해야 하리라,
악의에 찬 교활성과 음흉한 간계를.
헌데 그대들은 사람을 물어뜯는 개처럼
한 순간조차 떨지도 않는구나.

아, 이것이 무슨 인생인가!
이게 도대체 무슨 백성이란 말인가!
마음에는 불화만이 가득 찬
고집불통 인간쓰레기들아!…

---

* 라기프(Рагит) : 유대신화에 나오는 불의 천사인 라구일(라구엘) 또는 라지일의 이슬람식
  이름. 이 이름의 첫 번째 뜻은 '신의 친구'이고 두 번째 뜻은 '신의 비밀'이다.

Жалын мен оттан жаралып,
Жарқылдап Рағит жайды айдар.
Жаңбыры жерге таралып,
Жасарып шығып гүл жайнар.

Жайына біреу келсе кез,
Белгілі жұмыс, сор қайнар.
Қуаты күшті нұрлы сөз,
Қуатын білген абайлар.

Жалын мен оттан жаралған
Сөзді ұғатын қайсың бар?
Партия жиып, пара алған,
Бейілі кедей байсыңдар.

Кулық пенен құбылдан
Жалықсаң, жақсы жансыңдар.
Түзелмесе шұғылдан,
Арсылдар да, қалшылдар.

Несі өмір,
Несі жұрт?
Өңшең қырт,
Бас қаңғырт!

_1903

심장에 이성의 빛이 있을 때
말을 들으러 오라.
헌데 빛이 없다면 애석하구나,
아무리 와서 들어도 이해하지 못하리라.
무지는 눈에 든 가시와 같은 것
잘 살펴보고 이제는 알아보라.
페르시아인들의 기도에는 영도자들이 없으니
그들을 따라가지 마라.
소리치는 사람들의 열심이 어디에 필요한가,
지도자들이 없는데.

그대의 백성이 질서를 잡았을 때엔
그리고 그들이 호수 주위에 앉을 때면
나뭇잎들이 살랑거리네,
바람에 살포시 흔들리며.
강물은 흠뻑 설레면서 흐르네,
저 스스로 제 물결로 놀이를 하며.
그대들의 집짐승이 두 배로 늘어나네,
하느님의 뜻은 우리에게 불가해하여라.

그대의 백성이 우울해 있을 때
그들은 진펄의 진창이요 썩어버린 물건
호숫가에 새 소리도 들리지 않고
집짐승들도 더 이상 귀엽지 않아라.
악의는 저 자신을 응원하며 집짐승을 모욕하고
그들의 지독한 냄새를 모두 맡아버리네.

이게 누구에게 필요한가, 마르고 냄새가 지독한 것이?
이제 백성들은 죽어서 재나 먼지처럼 흩어지리라...

현명한 지도자는 일자(一者)와 같고
백성들은 공허함이 모인 것과 같아라.
기억하라, 일자는 그들 없이도
이 세상에서 허약하지 않으리라, 허나 강력한 일자가 없다면
공허함들이 어찌 그 많은 무리에서 살겠는가?
평화로운 제 백성을 흐리지 마라
아끼고 불쌍히 여겨라.
심장에 지식의 빛이 있다면
그대보다 현명한 사람들과 논쟁하지 않으리라.

Cәулең болса кеудеңде,
Мына сөзге көңлің бөл.
Егер сәулең болмаса,
Мейлің тіріл, мейлің өл.
Танымассың, көрмессің
Қаптаған соң көзді шел.
Имамсыздық намазда –
Қызылбастың салған жол.
Көп шуылдақ не табар,
Билемесе бір кемел?

Берекелі болса ел –
Жағасы жайлау ол бір көл.
Жапырағы жайқалып,

Бұлғақтайды соқса жел,
Жан-жағынан күркіреп
Құйып жатса аққан сел,
Оның малы өзгеден
Өзгеше боп өсер тел.

Берекесі кеткен ел –
Суы ашыған батпақ көл.
Құс қаңқылдап, жағалап,
Сулай алмас жазғы төл.
Оның суын ішкен мал
Тышқақ тиіп, аспас бел.
Көл деп оны кім жайлар,
Суы құрсын, ол бір – шөл.

Единица – жақсысы
Ерген елі бейне нөл.
Единица нөлсіз-ақ
Өз басындық болар сол.
Единица кеткенде,
Не болады өңкей нөл?
Берекеңді қашырма,
Ел тыныш болса, жақсы сол.
Рас сөзге таласып,
Ақжем болма, жаным, кел!

_1889

빛 나는 눈길에는 생각이 없어라
바보들 무리 속에 있는 무지한 자들.
그들의 눈이 행복으로 빛나며
안일에 휩싸여 터져버릴 것만 같구나.

그대들을 한 번 꾸짖고자 하건만
"다 하느님 탓이다!"라고 그대들은 소리치리라.
그대는 사람들을 가를 수 있는가,
하느님이 우리를 동등하게 창조하셨는데.

심장의 샘을 닦고 닦아라,
그러면 하느님의 빛을 받으리니.
그리고 만일 그 빛이 그대에게 퍼진다면
그대보다 더 명철한 사람은 없으리라.

그러나 무지한 자들의 마음은 암흑에 있고
그 장막은 너무도 강하구나.
날아오를 수 있건만 걱정들이 방해하고
생각은 창조자에게서 너무 멀리 떨어져 있구나.

회교도 승려는 큰 터번을 쓰고
모범의 본질을 틀리게 설명하고 있구나.
그의 마음을 보라, 그는 허약해졌구나.
그는 제 먹이를 기다리는 매와 같아라.

그대들이 전혀 이해를 하지 못하는데
내가 무엇하러 말을 하겠는가.

한가하고 터무니없는 구경꾼은 수없이 많지만
말을 알아듣는 사람은 찾을 수가 없어라.

Көзінен басқа ойы жоқ
Адамның надан әуресі.
Сонда да көңлі тым-ақ тоқ,
Жайқаң-қайқаң әр несі.

Білмейсің десе, жел өкпе.
Дейді, – ол-дағы тәңрі ісі.
Бірінен бірі бөлек пе,
Иемнің әділ бендесі?

Жүректің көзі ашылса,
Хақтықтың түсер сәулесі.
Іштегі кірді қашырса,
Адамның хикмет кеудесі.

Наданның көңлін басып тұр,
Қараңғылық пердесі.
Ақылдан бойы қашық тұр,
Ойында бір-ақ шаруасы.

Кітапты молда теріс оқыр,
Дағарадай боп сәлдесі.
Мал құмар көңлі – бек соқыр,
Бүркіттен кем бе жем жесі?

Жүректе айна жоқ болса,
Сөз болмайды өңгесі.
Тыңдағыш қанша көп болса,
Сөз ұғарлық кем кісі.

....

만일 자신의 의지가 약하다면
잠들어 있는 사색의 문을 어찌 뚫고 들어가겠는가?
만일 지식의 빛이 없다면
어찌 짐승처럼 질질 시간을 끌겠는가.

만약 의지가 그대의 지혜보다 높지 않다면
그대는 깊은 곳까지 도달하지 못하리라.
늙은이의 이성은 날개가 없고 침울하여라,
그것은 백발에 덮여 희미해졌구나.

만일 육신의 욕망이 무언가를 요구하면
마음은 그것을 거절할 힘이 없으리라.
만일 육신이 이 약점을 알게 된다면
육신은 욕망을 영원토록 원하고 또 바라리라.

짐승에게도 정신과 육체가 있다.
다만 그들에게는 감정과 지혜가 없을 뿐
만일 생각이 마음속 깊은 곳까지 닿지 못하면
어찌 거기서 무지의 암흑이 활동하지 않겠는가?

만일 내가 사람이라 불린다면
내가 어찌 어두운 무식쟁이가 되겠느냐?
내 백성이 나를 슬프게 하는데
어디서 내가 명성을 떨치겠는가? …

Жүректе қайрат болмаса,
Ұйқтаған ойды кім түртпек?
Ақылға сәуле қонбаса,
Хайуанша жүріп күнелтпек.

Аспаса ақыл қайраттан,
Тереңге бармас, үстірттер.
Қартыңның ойы шау тартқан,
Әдеті жеңіп күңгірттер.

Тән сүйгенін бермесе,
Жан шыдамас жаны ашып.
Бере берсең, бер десе,
Үміт етер таласып.

Малда да бар жан мен тән,
Ақыл, сезім болмаса.
Тіршіліктің несі сән,
Тереңге бет қоймаса?

Атымды адам қойған соң,
Қайтіп надан болайын?
Халқым надан болған соң,
Қайда барып оңайын?!

_1889

사람들이 칭찬한다 해도 그걸 믿을 이유가 없으니
누군가 그대를 칭송하면 모략을 기다리라.
자신을 믿으라, 모두가 그대를 도우리라
그대의 수고와 지혜를 양쪽에서 붙잡고서.

순진함은 닥쳐오는 모든 재앙의 담보이니
어디에 알맹이 없는 허튼 소리의 칭찬이 필요한가?
속아 넘어간 다른 이들처럼 나 또한 속았노라
그대는 유령을 따라 달리겠는가?

슬픔에 흔들리지 말고 자기 정신을 단련하라
의심스러운 유혹에서는 귀머거리가 되라.
자신에게 몰두하고 심장의 본질을 얻으라,
거기에는 주위에 없는 진실이 있으니

Сенбе жұртқа, тұрса да қанша мақтап,
Әуре етеді ішіне қулық сақтап.
Өзіңе сен, өзіңді алып шығар,
Қайратың мен ақылың екі жақтап.

Өзіңді сенгіштікпен әуре етпе,
Құмарпаз боп мақтанды қуып кетпе.
Жұртпен бірге өзіңді қоса алдасып,
Салпылдап сағым қуған бойыңа еп пе?

Қайғы келсе, қарсы тұр, құлай берме,
Қызық келсе, қызықпа, оңғаққа ерме.

Жүрегіңе сүңгі де, түбін көзде,
Сонан тапқан – шын асыл, тастай көрме.   _1897

....

잎사귀들이 노랗구나, 옛 희망과도 같이
나는 공상 속에서 살았고 그 나날들은 허망했노라
꿈이 안개에 휩싸인 그 옛 나날들이
나를 귀찮게 하네, 날 편안하지 못하게 하네.

꿈들의 한 철을 신중히 받아들이려느냐?
사색의 문을 열고 망상의 사립을 닫으려무나.
뜨거운 심장과 외모와 힘이
그대 안에서 화목하게 결합되어 있느냐?

백성은 신기루의 빛깔과 같아서
그들은 진실을 인정해도 그대를 따르지는 않으리라.
이리도 우매한 자들의 의견이 왜 그대에게 필요한가?
자신을 돌보라, 그대 차례가 왔느니라.

Жапырағы қуарған ескі үмітпен
Қиял қып өмір сүріп, бос жүріппін.
Жыбыр қағыш, көңілді тыншытпайды,
Қашанғы өтіп кеткен бұлдыр көп күн.

Ол дәурен өмір емес, бір көрген түс,
Ойға тойма, қызықты қиялдан күс.

Қарашы, өз бойында түгел ме екен,
Ыстық жүрек, өң-шырай, қуат пен күш?

Төңкеріліп құбылған, жұрт – бір сағым,
Шынға шыдап, қоса алмас ынтымағын.
Көптің аузын күзетсең, күн көрмейсің,
Өзіңді өзің күзет, кел, шырағым!   _1901

....

하늘이 눈부시게 활짝 웃음을 웃네,
땅을 무안하고 부끄럽게 만들며.
왜 내가 이렇게도 힘이 들까
더는 아무 것도 받아들이지 못해서일까?

내가 왜 이렇게도 마냥 슬플까
왜 그 무엇도 내 맘을 기쁘게 해주지 않을까?
난 깊은 비애에 버림받은 사람처럼 무너지노라.
이 삶에서 난 왜 이리도 괴로워야 하는가?

행여 내 심장이 노래를 그친 것일까?
혹여 내가 중요한 순간을 놓친 것일까?
지나간 것을 후회하지 않으리라,
다가오는 것에 대한 희망도 버리리라.

나는 오직 달콤한 꿈만 찾고 있네,
모든 걸 잊고 또 잊어버리기 위하여.

죽음이 내게는 너무나도 차가워라,
거기에 온 몸을 담그기에는.

마음에 휴식을 주면서 나는 잠들리라,
가슴은 자유롭고 평화롭게 숨쉬며.
누가 무슨 말다툼에 끼였는지 알았다면
어찌 내가 그와 끝까지 싸우지 않았겠는가.

모든 곳으로부터 멀리 떠나 저 홀로
고독하고 고요한 정적에 휩싸여
그 저주스러운 비애와 이별하고
세상의 부산스러움을 즐기면 참으로 좋으리.

모든 이들을 매혹시키는 재산과 성공
그 텅 빈 허영심이 그들을 따뜻하게 해 주는 곳,
허나 다른 주제에 대해서는 할 말이 없다며
모은 재산만 자랑하는 것은 죄악이라네.

Күлімсіреп аспан тұр,
Жерге ойлантып әр нені.
Бір себепсіз қайғы құр
Баса ма екен бендені?

Қапамын мен, қапамын,
Қуаныш жоқ көңілде.
Қайғырамын жатамын,
Нені іздеймін өмірде?

Қайтты ма көңіл бетімнен,
Яки бір қапыл қалдым ба?
Өткен күнге өкінбен,
Әм үміт жоқ алдымда.

Іздегенім тәтті ұйқы,
Дүниені ұмытып.
Өлімнің суық тым сыйқы,
Тұрсын өмір жылытып.

Көз ұйқыда, ой тыншып,
Дем алып жатсын көкірек.
Кім таласса, кім ұрсып,
Көрсем оны – сол керек.

Өзім аулақ бетінен,
Бір орында оңаша.
Дүние деген не деген –
Қыла жатсам тамаша.

Мансап іздер, мал қуар,
Бәрі мақтан іздеген.
Мақтанынан не туар,
Ыза қылып өзгеден?

_1892

그림자 머리를 길게 드리우며
시야에서 먼 곳을 감추어버릴 때,
시간이 해를 붉게 물들이며
지평선 너머로 내쫓을 때,

흐릿한 내 마음 다른 마음들과 말하리라,
희미해지는 저녁녘의 황혼*과 함께.
마음들은 우울하게 그걸 바라보며 슬퍼하리라,
갖가지 생각을 사방으로 날리면서.

살아온 삶은 속임수의 오솔길,
그 어딘들 지나오지 않았던가.
누가 기만하고 누가 주먹다짐을 했는지
모든 것이 헤아려질 것이니.

찾아낸 것은 찾은 것이건만
어차피 쓸모없는 것들이어라.
나의 모든 독을 한데 모아
가여운 심장에 뿌리네.

생각이란 길 잃은 강아지 같은 것
슬피 울며 텅 빈 제집으로 돌아가느니.
그대의 길 막다른 골목 되니 애석하구나,
거기에 골몰하지 말고 그만 내버려두라.

---

* 황혼 : 직역하면 '시간이 없는 때'이다. 카자흐인들은 낮과 밤의 사이, 즉 땅거미 지는 때를
  '시간이 없는 때'라고 부른다.

그대에게 수치스럽게 쑥이 자랐구나,
밀알들이 뿌려진 벌판에.
그러니 그 누구에게도 짐이 되지 않게
그만 조용히 숨을 거두게나.

Көлеңке басын ұзартып,
Алысты көзден жасырса;
Күнді уақыт қызартып,
Көкжиектен асырса;

Күңгірт көңілім сырласар
Сұрғылт тартқан бейуаққа,
Төмен қарап мұңдасар,
Ой жіберіп әр жаққа.

Өткен өмір – қу соқпақ,
Қыдырады талайды.
Кім алдады, кім тоқпақ
Салды, соны санайды.

Нені тапсаң, оны тап,
Жарамайды керекке.
Өңкей уды жиып ап,
Себеді сорлы жүрекке.

Адасқан күшік секілді
Ұлып жұртқа қайтқан ой.
Өкінді, жолың бекінді,
Әуре болма, оны қой.

Ермен шықты, ит қылып,
Бидай шашқан егінге.
Жай жүргенді уерд қылып,
Тыныш өлсеңші тегінде.   _1900

....

하느님께 가는 길은 입을 통해 있지 않으며
말로 사랑하는 것은 힘들지 않다네.
진실한 노력, 감정의 진실,
그 외 다른 건 하느님이 받아들이지 않는다네.

자랑스러워라, 거대한 자연의 모든 힘을
그대는 창조성에 바치는구나.
장하도다, 그대 심장에 있는 지혜의 샘물이
창조자를 향한 열정으로 강렬해질 때.

지혜는 창조자의 힘을 이기지 못하며
그것은 언어로 표현될 수 없는 것.
허나 이는 존재하는 모든 것의 증인이라,
그것이 무엇을 위해 왜 나타났겠는가?

이성이나 지혜는 그 힘을 납득시키지 못하니
그대여, 심장으로 그걸 받아들이라.
스콜라 철학자들은 교리로 부질없이 우기지만
그들이 아는 건 하나도 없어라.

Алла деген сөз жеңіл,
Аллаға ауыз жол емес.
Ынталы жүрек, шын көңіл

Өзгесі хаққа қол емес.
Дененің барша қуаты
Өнерге салар бар күшін.

Жүректің ақыл суаты
Махаббат қылса тәңрі үшін.
Ақылға сыймас ол алла,

Тағрипқа тілім қысқа ah!
Барлығына шүбәсіз,
Не – мәужүт, сол – куә.

Ақыл мен хауас барлығын
Білмейдүр жүрек, сезедүр.
Мүтәкәллимин, мантикин
Бекер босқа езедүр.

_1897

....

우리의 지혜는 얼음처럼 차갑지만
뜨거운 심장은 언제나 그걸 녹여 주리라.
이지적인 것과 기민함, 인내심의 예견,
의지는 우리에게 탄탄한 통제의 멍에를 씌워주네.
지혜와 심장과 의지를 결합하면

그대는 흔치 않은 완전무결을 쉬 이루리라.
허나 이것들이 따로따로 있으면 손해가 되느니
사람은 많은 해를 끼치는 현상들을 좋아하지 않는다네.
나는 웃지도, 울지도 못하면서 사노라
구겨진 심장, 오직 이것 하나가 재앙이구나.
지혜와 심장과 의지는 제 각각으로는 아무것도 아닌 것
그것들의 지식의 본질은 세월이 지나도 간직되리라.

Әуелде бір суық мұз – ақыл зерек,
Жылытқан тұла бойды ыстық жүрек.
Тоқтаулылық, талапты шыдамдылық,
Бұл қайраттан шығады, білсең керек.
Ақыл, қайрат, жүректі бірдей ұста,
Сонда толық боласың елден бөлек.
Жеке-жеке біреуі жарытпайды,
Жол да жоқ жарыместі «жақсы» демек.
Ақыл да, ашу да жоқ, күлкі де жоқ,
Тулап, қайнап бір жүрек қылады әлек.
Біреуінің күні жоқ біреуінсіз,
Ғылым сол үшеуінің жөнін білмек.

_1889

....

양들에게 흐린 물을 지나가게 하라, 물의 기름이
양에게 붙지는 않느니 불쌍한 늑대가 화를 입으리라.
나도 그 늑대처럼 주위를 둘러보네,
어디나 고아의 처지와 버림만이 보이네.

왜 내겐 다른 운명이 차려지지 않는 것일까?
고통스러운 이 삶의 땅을 오래전부터 저주하네.
고독한 내 마음 날면서 뛰어오르건만,
그러나 아무리 둘러보아도 사방천지가 다 어두울 뿐.

나는 온통 하느님에 대해서만 생각하네,
그분은 밤낮없이 나를 당신께로 이끄시네.
허나 보통 사람의 이성은 하느님 앞에서 아무런 힘도 없어
허무한 열성 속에서 그의 열매들은 시들고 마네.

나의 두뇌는 다른 지식을 알 수 있지만
창조자만은 내가 결코 이해할 수가 없구나.
나는 무능함으로 잠들었다가 눈을 뜨네,
또다시 그분을 이해해보려고.

일말의 의심이라도 내겐 전혀 없지만
그분에 대한 생각 없이는 숨 쉴 수조차 없구나.
두뇌로 알아내지 못해 난 신앙을 받아들일 수 없어라,
잠이 아닌 열정이 내 가슴에서 북받쳐 오르네.

그분은 스스로 무한하신 분, 우리에게는 유한을 주시고,
하지만 그분께 돌아가는 것이 우리의 운명이라네.
또 만약 그분에 대해서라면 어찌 목표를 생각지 않을까,
부질없는 일들이 어디에 줄줄이 필요할까?

인생의 길은 끝을 모르는 오솔길
그 시작과 끝은 항상 창조자에게 있음이여.

조심하라, 오솔길은 빙글빙글 계속하여 돌아나가니,
길과 얼굴을 잃지 말고 걸어라!

Лай суға май бітпес қой өткенге,
Күлеміз қасқыр жалап, дәметкенге.
Сол қасқырша алақтап түк таппадым,
Көңілдің жайлауынан ел кеткен бе?

Берген бе тәңірім саған өзге туыс?
Қыласың жер-жиһанды бір-ақ уыс.
Шарықтап шартараптан көңіл сорлы
Таппаған бір тиянақ не еткен қуыс?

Күні-түні ойымда бір-ақ тәңірі,
Өзіне құмар қылған оның әмірі.
Халыққа махлұқ ақылы жете алмайды,
Оймен білген нәрсенің бәрі – дәһрі.

Өзгені ақыл ойға қондырады,
Біле алмай бір тәңіріні болдырады.
Талып ұйықтап, көзіңді ашысымен,
Талпынып тағы да ойлап зор қылады.

Көңілге шек, шүбәлі ой алмаймын,
Сонда да оны ойламай қоя алмаймын.
Ақылдың жетпегені арман емес,
Құмарсыз құр мүлгуге тоя алмаймын.

Мекен берген, халық қылған ол ләмәкан
Түп иесін көксемей бола ма екен?
Және оған қайтпақсың, оны ойламай,
Өзге мақсат ақылға тола ма екен?

Өмір жолы – тар соқпақ, бір иген жақ,
Иілтіп екі басын ұстаған хақ.
Имек жолда тиянақ, тегістік жоқ,
Құлап кетпе, тура шық, көзіңе бақ.   _1895

....

자연은 사라질지라도 인간은 불멸하느니
비록 그가 되돌아오지 않고 더 이상 농담하거나 웃질 못해도.
"나"와 "내 것"이 갈라진 것을
사람들은 무지하여 죽음이라 불렀어라.

많은 사람들이 세상의 변덕스러움에 빠지고
그런 연유로 발에 걸려 넘어지네.
생각해 보라, 누가 말할 수 있겠는가?
자기 뒤에 불멸의 언어를 남겨둔 사람의 죽음을

그 누가 일상의 걱정을 견딜 수 있겠느냐,
영원이 인간세상의 불완전을 주시하고 있는데.
그러나 무엇이 불완전인지 그대는 알 수 없으리라
만일 그대가 깊은 사색에 잠기지 않는다면.

세상물건을 좋아하고 저승을 생각지 않는 이는
위의 두 개념과 같이 지낼 수 없으리라.
이 세상을 더 좋아하는 사람을 나는
정의로운 사람이라 부르지 않으리라.

Өлсе өлер табиғат, адам өлмес,
Ол бірақ қайтып келіп, ойнап-күлмес.
«Мені» мен «менікінің» айрылғанын
«Өлді» деп ат қойыпты өңкей білмес.

Көп адам дүниеге бой алдырған,
Бой алдырып, аяғын көп шалдырған.
Өлді деуге сыя ма, ойландаршы,
Өлмейтұғын артына сөз қалдырған?

Кім жүрер тіршілікке көңіл бермей,
Бақи қоймас фәнидің мінін көрмей.
Міні қайда екенін біле алмассың,
Терең ойдың телміріп соңына ермей.

Дүниеге дос ақиретке бірдей болмас,
Екеуі тап бірдей боп орныға алмас.
Дүниеге ынтық, мәхшарға амалсыздың
Иманын түгел деуге аузым бармас.

_1895

하느님도 옳고 그분의 말씀도 옳은 것이니,
진실을 믿음에 있어서 우리는 자유롭다네.
수많은 책이 그분에게서 나왔지만 그 중 네 가지는
하느님을 아는데 매우 중요하다네.

"저는 믿습니다"라는 기도를 누가 드리지 않았던가?
성스러운 책 페이지들을 누가 펼치지 않았던가?
하느님은 변치 않건만 사람이 분주스러운 탓에
그분은 사람의 사정을 보살피며 당신을 따르게 하네.

시대와 논리와 일들이 변하곤 하였지…
수많은 예언자들이 줄줄이 나타났으며
법과 신앙의 규칙은 수시로 바뀌곤 하였고,
허나 하느님께 필요한 것은 예전 그대로라네.

여러 존재가 변해도 하느님은 변하지 않네,
신앙에 충실한 이들은 모두 그렇다고 말하리라.
자신 안에 있는 열망과 싸우지 않으면
우리는 훌륭한 사람이 되지 못하리라.

그분은 위대한 사랑으로 사람을 창조했네,
그러니 그대도 그분을 생명보다 더 강하게 사랑하라.
형제들처럼, 이 세상 모든 사람을 사랑하듯 사랑하라.
그리고 모든 면의 공평함을 존중하라.

이 세 가지 사랑이 그대 양심의 빛깔이니
이보다 더 위대한 것이 없음을 알라.

생각해보라, 그리고 나중에 인생을 후회하지 말고
사람들에게 진실의 빛을 보여주라.

거기에는 그대의 신앙과 그대의 노력이 있고,
또 진실한 친구는 이것을 이해하는 사람이라네.
자랑하는 것, 욕심, 열망 이 세 가지의 일
이것을 가지고는 앞으로 나아가지 못하네.

그리고 재계, 기도, 헌금, 성지순례
만일 마음에 든다면 그대는 이걸 매번 지키라.
위의 세 가지를 버리지 않고서는 나중 네 개의
충분히 먹을 수 있는 열매를 따내지 못하리라.

그대의 머리는 목보다 놓은 곳에 붙어있구나,
여기에서도 그대는 균형을 보아야 하리라.
하느님은 맨 처음에 순서를 정하시지,
신앙 없이 노력하고 수고한들 무슨 소용이 있는가?

승려들은 자신들의 예배에 대해서 말하네. 허나
이성적인 이들은 생각해보고 믿음을 갖기 시작했네.
그러니 승려들 그대가 아무리 신앙의 길을 닦아도
안에는 먼지가 낀, 쓸모없는 것이 되리라.

하느님은 완벽하시네, 예언자도 위대하고.
그들의 길은 무슬림이 따라가야 할 훈시.
코란은 하느님의 말씀, 그것은 진리라네,
허나 아무리 설명해도 그 뜻은 끝없이 깊다네.

하느님과 예언자는 우리에게 길을 물려주셨으니
이 길에 최대한 열중하라.
자랑하는 것과 욕심과 열망은 죄악이니
우리는 언제쯤 자신의 음란을 억제하겠는가?

그리고 만약 그대가 무슬림이라면 믿음을 가져라,
믿음이 그대를 길에서 돌아서지 못하게 하리라.
진심으로 믿고 신앙을 지켜라,
위선자의 열화 같은 노력은 필요 없으니.

내게는 말없이도 하느님이 와 닿는다네.
하느님의 종을 원수로 생각하지 마라.
내 신앙의 형제여, 뻔한 것과 논쟁하지 마라,
생각해보라, 인류 표식의 현실에 대하여.

Алланың өзі де рас, сөзі де рас,
Рас сөз еш уақытта жалған болмас.
Көп кітап келді алладан, оның төрті
Алланы танытуға сөзі айрылмас.

Аманту оқымаған кісі бар ма?
Уә китабиһи дегенмен ісі бар ма?
Алла өзгермес, адамзат күнде өзгерер,
Жарлықпен ол сіздерге, сіз де оларға...

Замана, шаруа, мінез күнде өзгерді,
Оларға кез-кезімен нәби келді.

Қағида шариғаты өзгерсе де,
Тағриф алла еш жерде өзгермеді.

Күллі махлұқ өзгерер, алла өзгермес,
Әһли кітап бұл сөзді бекер демес.
Адам нәпсі, өзімшіл мінезбенен
Бос сөзбенен қастаспай түзу келмес.

Махаббатпен жаратқан адамзатты,
Сен де сүй ол алланы жаннан тәтті.
Адамзаттың бәрін сүй бауырым деп,
Және хақ жолы осы деп әділетті.

Осы үш сүю болады имани гүл,
Иманның асылы үш деп сен тахкик біл.
Ойлан-дағы, үшеуін таратып бақ,
Басты байла жолына, малың түгіл.

Дін де осы шын ойласаң, тағат та осы,
Екі дүние бұл тасдиқ – хақтың досы.
Осыларды бұзатын және үш іс бар:
Пайда, мақтан, әуесқой – онан шошы.

Руза, намаз, зекет, хаж – талассыз іс,
Жақсы болсаң, жақсы тұт бәрін тегіс.
Бастапқы үшін бекітпей, соңғы төртті
Қылғанменен татымды бермес жеміс.

Бас жоғары жаралған, мойын төмен,
Қарашы, дене біткен ретімен.

Істің басы – ретін танымақтық,
Иман білмес тағатты қабыл демен.

Имамдар ғибадаттан сөз қозғаған,
Хүснизән мен иманды білді ойлаған.
Иманның тазалығын жақсы ұқтырмай
Сыртын қанша жуса да, іші оңбаған.

Алла мінсіз әуелден, пайғамбар хақ,
Мү' мин болсаң, үйреніп сен де ұқсап бақ.
Құран рас, алланың сөзідүр ол,
Тә' уиліне жетерлік ғылымың шақ.

Алланың, пайғамбардың жолындамыз,
Ынтамызды бұзбастық иманымыз.
Пайда, мақтан, әуесқой – шайтанісі,
Кәні біздің нәпсіні тиғанымыз?

Мү 'мин болсаң, әуелі иманды бол,
Бендеге иман өзі ашады жол.
Шын илан да, таза ойла бір иманды,
Мұнафиқ намаз қылмап па, мағлұм ғой ол.

Алла ішімді айтқызбай біледі ойла,
Бендесіне қастықпен кінә қойма.
Распенен таласпа мү 'мин болсаң,
Ойла, айттым, адамдық атын жойма!

_1902

보라, 이 세상은 그대를 강탈하는 가혹한 세상이다.
그대에겐 예전 같은 힘도 없고 낯빛도 많이 상했구나.
희망 뒤에 후회가 따르는 인생과 맞붙어
승부욕이 나도록 경쟁하지 못했다는 것을 인정하라.

단맛이 절대로 사라지지 않는 먹거리가 어디 있더냐?
만일 인색한 인생의 비행이 그리도 짧은 것이라면
왜 친척과 싸울 것인가,
아니면 왜 미리 서둘러 친구와 갈라질 것인가?

혀가 그대 안에서 입술로 말하지 않게 하라
혀는 철면피하게 육체에 복무하는 데 익숙하다,
뼈가 없는 혀는, 입술이 끝이 없어 늘어지는구나,
진실의 모습을 커튼으로 가리듯이.

Сұм дүние тонап жатыр, ісің бар ма?
Баяғы күш, баяғы түсің бар ма?
Алды үміт, арты өкініш алдамшы өмір,
Желігін жерге тықпас кісің бар ма?!

Дәмі қайтпас, бұзылмас тәтті бар ма?
Бір бес күннің орны жоқ аптығарға.
Қай қызығы татиды қу өмірдің
Татуды араз, жақынды жат қыларға?

Ет жүрексіз ерніңнің айтпа сөзін,
Тіл үйренген нәпсінің қу мінезін.

Тілде сүйек, ерінде жиек бар ма?
Шымылдық боп көрсетпес шынның жүзін. _1898

....

사람아, 대체 넌 누구더냐? 오직 똥을 담는 자루 아니더냐?
너는 죽어서도 아주 고약한 냄새를 풍기리라.
허나 넌 거만해서 너 자신을 다른 것 위에 세우는구나,
이것은 무지의 표식이지 지혜의 징표가 아니니라.

넌 이제 나이가 들어 어린 시절의 자취도 사라졌구나,
모든 것이 지나간다, 너도 보듯이 번성기는 모두를 속인다.
사람을 사랑하고 창조자의 현명함을 이해하라,
세상에 이보다 더 큰 기쁨이 없음을 깨달으라.

Адам – бір боқ көтерген боқтың қабы,
Боқтан сасық боласың, өлсең тағы.
Мені мен сен тең бе деп мақтанасың,
Білімсіздік белгісі – ол баяғы.

Кеше бала ең, келдің ғой талай жасқа,
Кез жетті бір қалыпта тұра алмасқа.
Адамды сүй, алланың хикметін сез,
Не қызық бар өмірде онан басқа?! _1899

날들을 따라 날들이 간다,
사색들을 따라 사색들이 사라진다.
그들의 행렬을 따라 잡을 수 없구나,
바람을 따라 덤벼보건만.

Күн артынан күн туар,
Бір күн дамыл еткізбес.
Ой артынан ой қуар,
Желге мінсең жеткізбес.   _1898

···········

죽음이란 말은 누구나 알고 있다,
그러나 알지 못하는 것은,
자기가 지금 어디서 무얼 하고 있는지,
어디로 가고 무엇이 되었는지가 아니던가.

Белгілі сөз: «өлді, өлді»,
Белгісіз оның мекені.
Не халатқа әурілді,
Қайда қандай екені.   _1898

나는 강아지를 개로 키워냈네
그 개가 내 다리를 물어 난 피를 흘렸네.
한 사람에게 총 쏘는 법을 가르쳐 주었네
그 사람이 바로 나를 쏘았네.

Күшік асырап, ит еттім,
Ол балтырымды қанатты.
Біреуге мылтық үйреттім,
Ол мерген болды, мені атты.

_1899

....

먹구름이 갈기갈기 흩어지고
간간이 비가 내리네.
온몸이 고통으로 몸부림하고
눈에서는 눈물이 흘러내리네.

내린 비로 만물이 소생하고
땅은 힘을 얻어 푸르러지는데
내 몸은 흘린 눈물로 쑤시고
머리는 터지며 온몸이 타오르네.

Көк ала бұлт сөгіліп,
Күн жауады кей шақта.
Өне бойы егіліп,
Жас ағады аулақта.

Жайған күнмен жаңғырып,
Жер көгеріп күш алар.
Аққан жасқа қаңғырып,
Бас ауырып, іш жанар.   1896

....

Г대, 어린 시절의 자취가 사라진 것을 느끼는가···
젊은 시절의 부드러움과 빛깔을 누리고 있는가?
젊음이 가고나니 이제야 쏜살같은 세월이 보이는가?
그대는 고통과 노여움 없이 노년을 받아들였는가?

아니면 깊은 신앙심 없는 이교도처럼
오직 밝은 달 아래서 불가능한 일에 애쓰고 있는가?
아니면 낙타새끼들의 소동에 말려든 낙타처럼
그 안에서 수백 번 빙빙 돌다 들판에서 사라졌는가?

Балалық өтті, білдің бе,
Жігіттікке келдің бе?
Жігіттік өтті, көрдің бе?
Кәрілікке көндің бе?
Кім біледі, сен кәпір,
Баяндыдан сөндің бе,
Баянсызға төндің бе?
Әлде, айналып, кім білер,
Боталы түйе секілді,
Қорадан шықпай өлдің бе?   _1895

만일 내가 죽으면 내 자리는 축축한 땅이 되지 않겠느냐?
신랄한 혀를 가진 자가 수줍음 타는 처녀가 되지 않겠느냐?
사랑과 증오가 싸우던 내 심장은
차가운 얼음으로 변하지 않겠느냐?

우연한 운명과의 만남을 피할 순 없지 않겠느냐?
비록 누구는 더 일찍 만나고 누군 더 늦게 만나겠지만.
고집이 더 세서 한 번도 물러서지 않는 심장은
나중에 기회가 되면 비난을 받지 않겠느냐?

그러면 나는 가련한 자, 아무런 대답도 못하겠노라,
그대들 마음대로 판단하라.
하지만 사람을 두 번 벌하면 안 된다는 것을 알라,
내 피는 중독 되어있고 마음은 상처투성이니까.

내 마음을 깊이 들여다보라,
나는 수수께끼 같은 사람이라는 걸 기억하라.
나는 길도 없는 울퉁불퉁한 환경에서 자라
천명과 대적하여 싸웠느니, 너무 가혹하게 비난하진 마라!

나는 젊은 시절 생각 없이 분망하였고
어떠한 간계나 분노도 멀리하지 않았다.
일찍 일어나 깊은 생각에 잠겼으나 모든 걸 이루진 못했고
너무나 많은 난관에 부딪쳤다.

내가 용감해졌을 땐 내게 권력이 없었지,
구불구불한 내 오솔길로 나를 따라오지 마라.

날 따르지도, 자유를 주지도 않고 그렇게 날 괴롭혔으니
이제라도 날 불쌍히 여겨 편히 자게 하라, 내 말을 들으라.

내 안에서 독과 불길이 인다, 비록 겉으론 재치 있어 보이지만,
나는 성공하지 못한 채 죽음의 땅으로 갈지도 모른다.
빈약한 시는 말도 많아 모든 것을 사람에게 알려주느니
차라리 난 내 비밀을 알리지 않고 입을 다물리라

Өлсем, орным қара жер сыз болмай ма?
Өткір тіл бір ұялшақ қыз болмай ма?
Махаббат, ғадауат пен майдандасқан
Қайран менің жүрегім мұз болмай ма?

Амалсыз тағдыр бір күн кез болмай ма?
Біреуге жай, біреуге тез болмай ма?
Асау жүрек аяғын шалыс басқан
Жерін тауып артқыға сөз болмай ма?

Сонда жауап бере алман мен бишара,
Сіздерге еркін тиер, байқап қара.
Екі күймек бір жанға әділет пе?
Қаны қара бір жанмын, жаны жара.

Жүрегіңнің түбіне терең бойла,
Мен бір жұмбақ адаммын, оны да ойла.
Соқтықпалы, соқпақсыз жерде өстім,
Мыңмен жалғыз алыстым, кінә қойма!

Жасымда албырт өстім, ойдан жырақ,
Айлаға, ашуға да жақтым шырақ.
Ерте ояндым, ойландым, жете алмадым,
Етекбасты көп көрдім елден бірақ.

Ой кіргелі тимеді ерік өзіме,
Сандалмамен күн кешкен түспе ізіме.
Өзі ермей, ерік бермей, жұрт қор етті,
Сен есірке, тыныш ұйқтат, бақ сөзіме!

Ішім толған у мен өрт, сыртым дүрдей,
Мен келмеске кетермін түк өндірмей.
Өлең шіркін – өсекші, жұртқа жаяр,
Сырымды тоқтатайын айта бермей.

_1898

....

심장은 바다요 그 안의 모든 기쁨은 보석이라
인생에 이 기쁨 없으면 심장 또한 존재하지 않으리.
만일 심장에서 열정과 몰입이 사라진다면
육신의 다른 곳 어디서든 흥미는 일어나지 않으리.

우정과 적의와 모든 기쁨은 심장의 소관이요
명예와 양심의 감시자는 바로 이성이라.
명예와 양심이 꺾이지 않았다면 다른 행동도 그러하리니
그대가 아무리 노력할지라도 이것이 오늘의 위신이라

늙어가는 사람의 불은 서서히 꺼져가고
한번 꺼지기 시작하면 어떤 일이든 미끄러워지는 법
사람마다 그대에게 어찌 일을 처리할지 가르치려 애쓰고
하여 길은 미끄러워지고 행동은 자신 없어지는 것이라네.

Жүрек – теңіз, қызықтың бәрі – асыл тас,
Сол қызықсыз өмірде жүрек қалмас.
Жүректен қызу-қызба кете қалса,
Өзге тәннен еш қызық іс табылмас.

Достық, қастық, бар қызық – жүрек ісі,
Ар, ұяттың бір ақыл – күзетшісі.
Ар мен ұят сынбаса, өзге қылық,
Арын, алқын – бұл күннің мәртебесі.

Қартаң тартқан адамнан от азаймақ,
От азайса, әр істің бәрі тайғақ.
Шаруаң үшін көрінген ақыл айтып,
Жолың тайғақ, аяғың тартар маймақ.   _1902

....

제 아무리 뛰어도 굴레 쓴 말이 준마를 따라잡을 수 없어라,
그 말머리에 부엉이 깃과 부적을 달아준대도.
그렇구나, 뒤에서 나를 비난하지 않을 수가 없겠구나,
흥분하고 무서운 증오로 불타오른 사람들이.

강아지들 제 아무리 무리를 지은 들 어찌 늑대를 이기랴?
그들이 아무리 거세게 공격해도 하늘이 보살펴 주는데.
불명예스런 자는 언제나 제 악의에 충실 하구나,
비록 천막집 벽기둥에 수없이 붙잡혀 묶이곤 해도.

적은 무리는 적을수록 더 흉악하게 미쳐 날뛰는 법,
불평하기 좋아하는 자, 상사, 그들 음모의 가담자,
한 사람에게 선심을 쓴 뒤 또 다른 사람에게도 쓰고.
아, 쎄메이*시는 교활한 자들에게 얼마나 큰 호의를 지녔는가.

Tұлпардан тұғыр озбас шабылса да,
Оған да үкі, тұмар тағылса да.
Қыжыртпай мені сырттан жүре алмайды,
Кім желігіп, қай шеттен қағынса да.

Күшік ит бөрі ала ма жабылса да?
Тәңірі сақтар, табандап тап ұрса да.
Арсыз адам арсаңдап, арсылдайды,
Әр жерде-ақ керегеге таңылса да.

Құтырды көпті қойып аз ғанасы,
Арызшы орыс – олардың олжаласы.
Бірде оны жарылқап, бірде мұны,
Қуды ұнатты-ау Семейдің бұл қаласы.

_1889

---

* 쎄메이(Семей, 또는 쎄미빨라찐스크) : 카자흐스탄 동북부에 위치한 쎄메이(쎄미빨라찐스크)주의 주도다. 저자 아바이는 쎄메이주에서 태어나 자라고 활동했다.

부질없는 외침들, 고함들
그것들이 어찌 귀에 노래로 들리겠는가?
아는 것도 없이 공허하게 말하는 것이
과연 사람에게 어울리는 일인가?

모두에게서 저주 받은 무식쟁이들이
무슨 말을 한들 그게 사람들인가?
공연히 떠돌며 무엇도 가진 것 없이
존재하는 것이 그대 인생의 장식이더냐?

Құр айқай бақырған,
Құлаққа əн бе екен?
Өнерсіз шатылған
Кісіге сəн бе екен?

Өңкей надан антұрған,
Қанша айтса, жан ба екен?
Бос жүріп құр қалған
Өміріңе кəн бе екен?

_1897

....

겉은 건강하지만 몸 안의 나는 죽었노라,
보는 이 모두에게 이르고 또 이르노니
오늘의 벗은 내일의 적이라,
오, 하느님이시여, 대체 내가 무얼 잘못했나요?

그대는 집안에서는 요란한 강물 같아
제 주장이 옳다고 큰 소리로 우기건만
허나 타인들 앞에 서면 자신이 없어지고
느리고 당황해하고 힘을 잃어버리는구나.

용사야, 그대도 예전에 그랬더냐,
허면 나의 용사야, 그게 무슨 일이냐?
조인 올가미가 사흘 만에 느슨해지니
그대는 곧바로 방자한 자가 되고 마는구나.

그대는 힘들 때면 귀여운 미소로
또 친절함으로 어느 심장도 다 녹이는구나.
헌데 재난이 사라지고 나면 그대는 왜
또 다시 냉정해지고 무정해지는가.

약탈과 다른 여러 가지 간계에서
그대는 누구도 따를 수 없는 능수여라.
주는 것은 참을 수 없이 어렵지만
가질 땐 그대 반가이 기뻐 받음이여.

큰 회합과 여러 모임에서 그대는
수백 가지의 말다툼을 놓고 토론하는구나.
결국 모든 것을 그대와 같은 자들이
피비린내 나는 싸움으로 만드는 것인데.

들어올 문, 다시 들어올 문을,
나의 친근한 이여, 쾅하고 닫지 마라!

그대 지금 아무리 잘 나가는 사람이 되었다 해도
이 문 그대에게 쓸모 있는 날이 올 것이니.

Iшім өлген, сыртым сау,
Көрінгенге деймін-ау.
Бүгінгі дос – ертең жау,
Мен не қылдым, япырмау?!

Өз үйінде өзендей
Күркірейді, айтса дау.
Кісі алдында кірбеңдеп,
Шабан, шардақ және шау.

Мұндай ма едің ана күн,
Мұның қалай, батыр-ау?
Үш күн арқаң босаса,
Бола қалдың бас асау.

Жан қысылса, жайтаңдап,
Жанды еріткен жайдары-ау.
Жан жай тапса, сен неге
Жат мінезсің жабырқау?

Ұрлық пенен қулыққа
Байлағанда, кестің бау.
Берерменде бесеусің,
Аларманда және алтау.

Топ болғанда көресің
Түрлі дауды жүз тарау.
Аяғында сендейлер
Көрмей жүр ме ханталау?

Қайта кірер есікті
Қатты серіппе, жарқын-ау!
Жетілсең де, жетсең де,
Керек күні бір бар-ау.   _1899

....

젊은이들아 웃음은 귀중하지만
웃음거리가 되는 것은 그렇지 않다
겉모습과 마음이 늘 일치하는 것은 아니다
허나 누가 마음껏 웃으면 진심으로 믿고 사랑하라

누구는 이 말을 귓전에 흘려버리고
누구는 그대에게 한 이 말뜻 깊이 파고들리라
또 누구는 이 뜻 완벽히 알지만 자기 유리하게 해석하리라
그대가 누군가를 사랑한다면 진심으로 사랑하라!
불에 타죽는 한이 있어도 지킬 것은 지키라!
허나 장밋빛으로 빛나는 어떤 젊은이들은
물과 닿는 순간 색이 바래고 말리라
나는 젊은 심장을 행동의 장으로 부르고 싶다
나는 사람의 됨됨이를 먼저 생각하느니
사심 많고 마음이 차가운 이는 보잘 것 없는 자로다

친구같이, 형제같이 마음을 열라
가진 것을 아끼지 말고 나누라
진실하고 정직한 우정이 살아 숨쉬기를…
그러면 악한 마음은 입을 다물리라
모임에 참석하는 이들에게 바라노니
사람이 모인 곳에서 말다툼으로 분위기를 깨지 말고
서로에게 존경을 표시하라
그것은 우리가 평소에 지니고 있지 않는 것이다
일체감은 우리의 즐거움일진대
무지한 자는 그것을 느끼지 못하리라
당당하고 진실한 이는 비밀을 입 밖에 꺼내지도
뒷말을 허공에 띄우지도 않는다
그대의 불타는 마음을 진정시키기를 바라노니
바람둥이에게는 명예가 없다고 낙인찍혀 있구나
젊은이라면 분별할 줄 알라, 그대는
길거리의 암캐를 후리는 수캐가 아니니라.
겉모습의 아름다움을 따르지 마라
불타는 눈먼 마음에 이끌리지 마라
아름다운 외모를 보고 유혹에 빠지지 마라
성격이 어떠한지를 먼저 알아보라
불타는 마음은 금방 식어버린다
온 세월을 여자만 바꾸며 사는 자에게는.
충실한 아내를 무료하게 여기는 자는 자격을 상실한 자.
나는 이런 여자를 칭찬하고 싶구나,
그대의 마음을 훤히 아는 여자
그대 심장의 고동을 하나하나 들어주는 여자

그대를 위해 목숨까지 바칠 줄 아는 그런 여자를.
바람둥이에게 접근하기 쉬운
여자의 아름다움은 위험을 안고 있다
"내 앞에서 어떤 남자가 견딜 수 있으랴?" ―
자만에 가득 찬 미인은 이렇게 생각한다
칭찬을 받아야 하리라, 행동하는 자, 용감한 자
마음속에 자존심을 지니고 길을 가는 자는!
대신 불결한 자, 바람둥이, 무지한 자들에게는
뒷말과 수치스러운 일만 생기리라
그대가 아내에게 사랑받고 자신도 아내를 사랑한다면
무지한 자들은 이것을 이해할 수 없으리니
남편이 현명하고 아내의 마음이 선량하면
행복한 가정을 볼 수 있으리라
아내의 마음이 가볍지 않다면
뒷말이 생길 여지가 없이 행동한다면
장미의 줄기 같이 싱싱하고 부드러우리라
그녀의 숨 속에는 행복과 봄이 깃들여있도다
부자의 딸의 재산을 욕심내지 마라, 그렇다고
가난한 집에 신부몸값을 적게 낼 수 있다고 좋아하지도 마라
허나 훌륭한 사람의 딸이라면
바보처럼 놓치지 말고 그와 혼인하라
친구와 같이 식탁에 앉았을 때
아내가 화를 내며 얼굴을 찌푸리지 말고
친구에게 존경을 표시하기를
맑고 환한 얼굴로 기분도 좋게.
친구도 분별하여 선택하라

말버릇이 나쁘고 허세가 심한 자는 버리라
그러나 지식과 미를 추구하는 사람
발전을 지향하는 사람은 제대로 평가할 줄 알라
젊은 세대는 일하기를 싫어한다:
일을 안 해도 살아갈 수 있다고 생각한다!
가볍게 웃는 젊은이들의 웃음에는 의미가 없다
거기에는 사심과 거짓이 들어 있다
비열한 젊은이들은 속임수를 쓰느니
그들은 변변치 않은 물건을 사고파는 짓을 하며
어디를 가나 하찮은 일로 음모, 싸움, 말썽을 일으키고
조그만 일로 서로를 배신한다
오직 꼬마들만 서로 화목하여
그들은 다정스레 놀이에 빠져있구나
헌데 그들도 놀이가 끝난 뒤에는 서로 다투고
그리고는 서로 치고 박고 싸우는구나
어린 아들이 울면서 집에 돌아오면
어미는 소리치고 아비도 욕설을 퍼붓는구나
우리네 인생도 이런 놀이와 우정과 다를 바 무어랴!
이것이 언제나 끝이 날까!
친구 중에도 때때로 이런 자들이 있어
그들은 등 뒤에서 함정을 판다
명예를 지닌 사람만을 믿으라
마음이 좁아터지지 않고 도량이 넓은 사람을.
안목이 좁은 이가 많은 만큼 뜬소문은 싸움의 빌미가 된다
사람들은 활동력이 좋다고 칭찬한다
갖가지 속임수를 쓸 생각을 하는 자들을.

Жігіттер, ойын арзан, күлкі қымбат,
Екі түрлі нәрсе ғой сыр мен сымбат.
Арзан, жалған күлмейтін, шын күлерлік
Ер табылса жарайды, қылса сұхбат.
Кейбіреу тыңдар үйден шыққанынша,
Кейбіреу қояр көңіл ұққанынша.
Сөз мәнісін білерлік кейбіреу бар,
Абайлар әрбір сөзді өз халынша.
Шын көңілмен сүйсе екен, кімді сүйсе,
Бір сөзімен тұрса екен, жанса-күйсе.
Қырмызы, қызыл жібек бозбалалар,
Оңғақ пұлдай былғайды, бір дым тисе.

Керек іс бозбалаға – талаптылық,
Әр түрлі өнер, мінез, жақсы қылық.
Кейбір жігіт жүреді мақтан күйлеп,
Сыртқа пысық келеді, сөзге сынық.
Кемді күн қызық дәурен тату өткіз,
Жетпесе, біріңдікін бірің жеткіз!
Күншілдіксіз тату бол шын көңілмен,
Қиянатшыл болмақты естен кеткіз!
Бір жерде бірге жүрсең басың қосып,
Біріңнің бірің сөйле сөзің тосып.
Біріңді бірің ғиззәт, құрмет етіс,
Тұрғандай бейне қорқып, жаның шошып.
Жолдастық, сұхбаттастық – бір үлкен іс,
Оның қадірін жетесіз адам білмес.
Сүйікті ер білген сырын сыртқа жаймас,

Артыңнан бір ауыз сөз айтып күлмес.
Күйлеме жігітпін деп үнемі ойнас,
Салынсаң, салдуарлық қадір қоймас.
Ер жігіт таңдап тауып, еппен жүрсін,
Төбетке өлекшіннің бәрі бір бәс.
Біреуді көркі бар деп жақсы көрме,
Лапылдақ көрсе қызар нәпсіге ерме!
Әйел жақсы болмайды көркіменен,
Мінезіне көз жетпей, көңіл бөлме!
Көп жүрмес жеңсікқойлық, әлі-ақ тозар,
Жаңғырар жеңсікқұмар, жатқа қозар.

Күнде көрген бір беттен көңіл қайтар,
Қылт еткізбес қылықты тамыршы озар.
Толқынын жүрегіңнің хаттай таныр,
Бүлк еткізбес қалайша соқса тамыр.
Жар көңіліне бір жанын пида қылып,
Білместігің бар болса, қылар сабыр.
Шу дегенде көрінер сұлу артық,
Көбі көпшіл көрінер ондай қаншық.
Бетім барда бетіме кім шыдар деп,
Кімі паңдау келеді, кімі – тантық.
Ақыл керек, ес керек, мінез керек,
Ер ұялар іс қылмас қатын зерек.
Салақ, олақ, ойнасшы, керім-кербез,
Жыртаң-тыртаң қызылдан шығады ерек.

Қатының сені сүйсе, сен де оны сүй,
Қоржаң суық келеді кей сасық ми.
Ері ақылды, қатыны мінезді боп,
Тату болса, риаз үстіндегі үй.
Жоқ болса қатыныңның жат өсегі,
Болмаса мінезінің еш кесегі.
Майысқан, бейне гүлдей толықсыған,
Кем емес алтын тақтан жар төсегі.
Жасаулы деп, малды деп байдан алма,
Кедей қызы арзан деп құмарланба.
Ары бар, ақылы бар, ұяты бар,
Ата-ананың қызынан ғапыл қалма.
Үйіңе тату құрбың келсе кіріп,
Сазданбасын, қабақпен имендіріп.
Ері сүйген кісіні о да сүйіп,
Қызмет қылсын көңілі таза жүріп.

Құрбыңның тәуір болсын өз мінезі,
Абройлы қалжыңмен келсін сөзі.
Сен оған мойын бұрып сөз айтқанда,
Қатыныңда болмасын оның көзі.
Кей құрбы бүгін тату, ертең бату,
Тілеуі, жақындығы – бәрі сату.
Көкірегінде қаяу жоқ, қиянат жоқ,
Қажымас, қайта айнымас қайран тату!
Пайда деп, мал деп туар ендігі жас,
Еңбекпен терін сатып түзден жимас.
Меліш сауда сықылды күлкі сатып,

Алса қоймас, араны тағы тоймас.
Асық ұтыс секілді алыс-беріс –
Тірі жанның қылғаны бүгін тегіс.
Бірі көйтке таласып, бірі арам қып,
Төбелескен, дауласқан жанжал-керіс.

Жас бала әуел тату бола қалар,
Ата-анадан жақын боп, ертіп алар,
Бірін бірі құшақтап, шуылдасып,
Ойын тарқар кезінде ұрыс салар.
Біреуі жылап барса үйге таман,
Ата-анасы бұрқылдар онан жаман.
Татулығы құрысын ойыны мен,
Дәл соларға ұқсайды мына заман.
Жаман тату қазады өзіңе ор,
Оған сенсең, бір күні боларсың қор.
Ары бар, ұяты бар үлкенге сен,
Өзі зордың болады иығы да зор.
Қазақтың қайсысының бар санасы?
Қылт етерде дап-дайын бір жаласы.
Пысықтықтың белгісі – арыз беру,
Жоқ тұрса бес бересі, алты аласы.

_1886

현명한 이의 말이 언제나
바보의 잡담보다 위에 놓이기를.
진리의 불꽃을 보고자 한다면
마음도 볼 수 있어야 하리

머리가 밝고 순결한 사람은
상대의 말을 잡음으로 여기지 않느니
그들은 생각으로 가득 차서
끝까지 진리를 파악한다
무지한 자의 머리는 텅 비어 있구나
비록 그 머리 황소처럼 크지만.
말이 많고 빈소리가 요란한 자는
현자의 말을 따분하게 여기느니
그는 잡담하기를 좋아하여
사흘을 쉬지 않고 그대에게 지껄이리라
듣는 이가 지쳐 고개를 숙이고 노래를 부르면
그는 양보다 더 바보처럼 보이리라
그는 아이처럼 장난거리만 찾는구나
주변사람에게 농담만 기대하고서.
그는 장난만 치고 웃기만을 바라므로 —
바보는 아주 멀리서도 식별할 수 있구나
그는 책을 손에 쥐어보지도 않지만
자기가 박식하다고 자만하는구나
가난한 사람을 비웃는 것 —
교양 없는 자가 하는 짓이 고작 그것이다
마음이 있는 자에게 노래를 불러주면

상대는 그 노래가 좋다고 칭찬하지 않으리!
숨을 죽이고 노래를 들으리라
그는 금과 납을 헷갈리지 않는다
허나 바보들은 핵심을 회피하면서 보느니:
그들은 오직 빈말, 잔머리, 더러움만 원하고
비로도와 싸구려 천도 구분하지 못 하는구나…
당나귀는 지푸라기 한 묶음만 주면 만족하느니

Білімдіден шыққан сөз
Талаптыға болсын кез.
Нұрын, сырын көруге
Көкрегінде болсын көз.
Жүрегі – айна, көңілі – ояу,
Сөз тыңдамас ол баяу.
Өз өнері тұр таяу,
Ұқпасын ба сөзді тез?
Әблет басқан елерме,
Сөзге жуық келер ме?
Түзу сөзге сенер ме
Түзелмесін білген ез?
«Айтшы-айтшылап» жалынар,
Ұққыш жансып шабынар.
Ұқпай жатып жалығар,
Ұйқылы-ояу бойкүйез.
Жас баладай жеңсік қой,
Байлаулы емес ақыл, ой.

Ойлағаны – айт пен той,
Ыржаң – қылжаң ит мінез.
Сұлу қыз бен я батыр
Болмаған соң, тәңрі алғыр,
Шығып кетер, я қалғыр,
Оған ақыл – арам без.
Жақсыға айтсаң, жаны еріп,
Ұғар көңіл шын беріп,
Дертті ішіне ем көріп,
Неге алтынды десін жез.
«Ой, тәңір–айшыл» кер есек,
Қулық, сұмдық не өсек.
Болмаған соң, бір есеп –
Мейілі қамқа, мейілі бөз.

....

내 가슴에는 삶이 없다, 난 살아있지 않다
똑같은 말을 반복하노니
"친구를 믿지 마라, 배신을 염두에 두라…"
하느님이여, 제가 무슨 죄를 지은 걸까요!

이런 자들이 있지, 집에서는 산사태 일듯
걷잡을 수 없이 우르릉 거리지만
모임에 나가 연설을 하려고 하면
혓바닥이 도와주지 않아 맥이 빠져버리는

말도 사흘을 풀어 방목하면
꼬리와 갈기가 활짝 펴지는데
용사야, 그대도 집에 있는 난로 곁에서만
항상 그렇게 용감무쌍했더냐?

그대가 곤경에 빠졌을 때에는
높은 자 낮은 자 가리지 않고 굽신거리지
헌데 그 늪에서 빠져나오고 나면
다가갈 수 없이 거만해지지 않더냐

그대는 잔돈 다섯 냥을 빌려주고
쉰 냥으로 돌려받을 줄을 알지
또 손재주가 좋아 슬쩍 빼낼 줄도 알지
기병이 깔고 다니는 말 등의 탄자마저도

누군가와 분쟁이 일어나면
그대는 항상 길을 돌아서 가지
허나 상대방에게 파놓은 함정은
그대 스스로를 빠뜨리고 말리라

그대여, 쾅하고 문을 닫지 마라
누가 알겠는가, 그 문을
한 번 더 두드릴 일이 있을지
갑작스레 촌각을 다투는 때가 올 때에*   _1899

---

* 이 시의 카자흐어 원문은 앞에 나오는 시 '겉은 건강하지만 몸 안의 나는 죽었노라'의
  원문과 똑같다. 카자흐어의 중의성과 아바이 시에 대한 해석여지의 다양성을 보여주기
  위해 새롭게 번역하여 추가해 넣었다.

너의 비단결 같은
머리카락을 구기고

해리가죽 모자와 두툼한 머리채,
언제 봐도 검은 눈썹을 가진 이 처녀에게선
발걸음 소리와 함께 고르게 소리울리네,
머리카락에 장식된 동전들이.

검은 눈동자는 맑고 깨끗하여
온순하게 사람들 자기에게로 이끄네.
부드러운 살결과 밝은 얼굴
하얀 이를 가진 미녀를 내 어찌 잊을까?

아리따운 몸매와 작은 발을 가진 미녀
그런 이들 이제는 더 만날 수 없지.
나는 조금씩 매혹되기 시작하였네,
잘 익은 열매의 단맛을 느끼면서.

내 손으로 그녀의 손을 잡아보네,
심장이 바삐 뛰며 온몸에 피를 돌리네.
내 입술 한 순간만 그녀 목에 닿아도
달콤한 고통에 나는 또다시 무너져 내리네.

Білектей арқасында өрген бұрым,
Шолпысы сылдыр қағып жүрсе ақырын.
Кәмшат бөрік, ақ тамақ, қара қасты,
Сұлу қыздың көріп пе ең мұндай түрін?

Аласы аз қара көзі айнадайын,
Жүрекке ыстық тиіп салған сайын,

Үлбіреген ақ етті, ашық жүзді,
Тісі әдемі көріп пе ең қыздың жайын?

Бұраң бел, бойы сұлу, кішкене аяқ,
Болады осындай қыз некен-саяқ.
Піскен алма секілді тәтті қызды
Боламын да тұрамын көргендей-ақ.

Егерде қолың тисе білегіне,
Лүпілдеп қан соғады жүрегіңе.
Бетіңді таяп барсаң тамағына,
Шымырлап бу енеді сүйегіңе.   _1889

....

바람 없는 밤에 달이 밝아
달빛이 물에서 흔들거리네.
마을 옆에는 깊은 골짜기
강물 요란히 넘쳐흐르네.

무수한 나뭇잎사귀들은
자기들끼리 속삭이고
땅의 먼지는 몸을 숨겨
온 땅이 풀빛으로 빛나네.

산들은 개 짖는 소리에
메아리로 맞장구를 치는데

고독한 만남을 기다리며
혹 그대 오지 않나 길을 살피네.

나른함에 공포로 숨넘어갈 듯
오싹 달아오르기도 하여
근심하며 겨우 숨을 내쉬네,
바스락 소리에도 긴장하고 놀라서.

봇물 터지는 말, 한마디 할 힘도 없는데
그녀의 심장소리 크게 울리네,
아, 그녀는 볼을 내 목에 파묻고
매달리며 서 있던 그이가 아닌가?

Желсіз түнде жарық ай,
Сәулесі суда дірілдеп,
Ауылдың жаны терең сай,
Тасыған өзен күрілдеп.

Қалың ағаш жапырағы
Сыбырласып өзді-өзі,
Көрінбей жердің топырағы,
Құлпырған жасыл жер жүзі.

Тау жаңғырып, ән қосып
Үрген ит пен айтаққа.
Келмеп пе едің жол тосып
Жолығуға аулаққа?

Таймаңдамай тамылжып,
Бір суынып, бір ысып,
Дем ала алмай дамыл қып,
Елең қағып, бос шошып.

Сөз айта алмай бөгеліп,
Дүрсіл қағып жүрегі,
Тұрмап па еді сүйеніп,
Тамаққа кіріп иегі?   _1888

....

그 모습 아름다워라, 눈은 빛나고
반반한 볼에는 홍보석의 섬광
목은 얼음판처럼 반짝이고
또 곧은 눈썹과 가느다란 손.

그대는 모든 미녀들이 화원이어라
위대한 얌쉬드*도 그대를 사랑했고
이스깐데르**도 노예처럼 사기를 잃었구나
그대보다 더 빼어난 이 주위에 없구나.

언제 우리가 시간을 내겠느냐
좁은 잠자리까지 함께 갈 시간을,

---

* 얌쉬드(Ямшид) : 지혜로 인격화된 《샤흐-나-메》 신화의 인물.
** 이스깐데르(Искандəр) : 마케도니아 알렉산더대왕의 동양식 이름.

눈을 감고 미치도록 기진맥진하여
고통마저 느끼지 못할 때를

И узи – рәушан, көзі – гәуһар,
Лағилдек бет үші әхмәр,
Тамағи қардан әм биһтар
Қашың құдрәт қоли шигә.
Өзәң гузәлләра раһбар,
Сәнә ғишық болып кәмтар,
Сүләйман, Ямшид, Искандәр
Ала алмас барша мүлкигә.
Мубада олса ол бір кәз,
Тамаша қылса йузма-йуз
Кетіп қуат, йұмылып көз,
Бойың сал-сал бола нигә?   _1895

....

나으리의 말

미녀야, 내 인사를 받아라!
가축 떼와 내 인생도 같이 받아라.
눈물이 흘러내리누나,
네가 계속하여 보이지 않을 때에는.

그 누구도 너를 앞설 수 없구나,
너는 모두를 가렸구나.

이 세상에서 다른 여자를 나는
절대로 원하지 않으리라.

내가 한 말을 어기지 않으리라,
곧은길에서 너를 잃지 않으리라.
네가 멀리 있든 가까이 있든
온 마음으로 네게 달려가리라.

내가 정한 여자인 너보다
다른 여자는 더 귀여울 수가 없구나.
아, 가슴사이의 부드러운 냄새를
좁은 잠자리에서 맡아봤으면.

너의 비단결 같은 머리카락을 구기고
네 다리 아주 가까이서 안으리라.
눈을 감고, 마음은 벌써 취했구나,
우리는 하나 된 기쁨을 알게 되리라.

너에겐 미, 우리겐 타인들의 배려가 있단다,
이건 모두 과장 없는 진실이란다.
너의 매혹적인 아름다움에서
나는 도무지 눈을 뗄 수가 없구나.

네 몸을 안을 때 나는 몸이 되고,
너의 입술 내 입을 맞출 때엔
불길이 나를 태우는구나,
별안간 이 불길 내 배를 태우면 어찌 하랴.

여자들을 찾다 지쳐 심장에서 힘이 빠질 때
미녀인 너를 고르기로 마지막 결정할 때
나는 더 좋은 먹잇감을 포획하기 위해
발톱을 이끼고 아껴온 매란다.

무슨 일을 해도 다 좋구나,
수백 번을 보아도 계속 좋구나.
시간이 흐를수록 너는 내게 가까워지는구나,
지어진 장애물과 관계없이.

너는 구리 같은 날개를 가진 나의 꿩
얼굴을 보여 다오, 자세히 보자구나.
그리고 네 목에 달라붙게 해다오
내게 안기렴, 앞으로 너는 나의 것이라.

Жігіт сөзі

Айттым сәлем, қалам қас,
Саған құрбан мал мен бас.
Сағынғаннан сені ойлап,
Келер көзге ыстық жас.

Сенен артық жан тумас,
Туса туар – артылмас.
Бір өзіңнен басқаға
Ынтықтығым айтылмас.

Асыл адам айнымас,
Бір бетінен қайрылмас.
Көрмесем де, көрсем де,
Көңілім сенен айрылмас.

Көзім жатқа қарамас,
Жат та маған жарамас.
Тар төсекте төсіңді
Иіскер ме едім жалаңаш?

Иығымда сіздің шаш,
Айқаласып тайталас,
Ләззат алсақ болмай ма,
Көз жұмулы, көңіл мас?

Сізде сымбат, бізде ықылас,
Осы сөзім бәрі рас.
Сіздей жардың жалғанда,
Қызығына жан тоймас.

Етің етке тигенде,
Демің тиіп сүйгенде,
Тән шымырлап, бой еріп,
Ішім оттай күйгенде.

Жүрек балқып игенде,
Ішкі сырды түйгенде,
Іздеп табар сұңқармын,
Жарастықты шүйгенде.

Қылығыңда жоқ оғат,
Қарап тойман жүз қабат.
Ыстық тартып барасың,
Бір сағаттан бір сағат.

Сіз – қырғауыл жез қанат,
Аш бетіңді, бері қарат.
Жақындай бер жуықтап,
Тамағыңнан аймалат!

_1889_

....

젊은 처녀의 말

당신은 칭찬으로 나를 휘감았습니다.
하지만 때로는 그걸 믿기가 위험하답니다.
스스로 결정하십시오, 내가 어찌 알겠습니까,
당신의 마음이 어떠한지를?

우리 처녀들도 보는 눈이 있습니다,
바람둥이들을 우리도 매번 무서워하곤 하지요,
그러나 당신은 내게 소중합니다.
당신을 보면 거절할 힘이 없답니다.

당신은 지혜와 말이 일치합니다.
나는 버터이고 당신은 숯이랍니다.
그렇게 사랑의 말들이 내게 와 닿았답니다,
버터는 녹아내려도 욕을 먹진 않지요.

하느님의 가호로 당신 집에 데려가주세요,
그러나 만일 나를 버리신다면
나보다 더 불쌍한 이 세상에 없을 것입니다
고아와 고독한 사람들 가운데서.

어찌 하겠습니까, 만일 당신께 소용이 없다면.
나는 모독을 받을 것입니다.
나를 끌어들이지 마십시오, 만일 당신의
유일한 사랑이 나를 기다리지 않는다면.

우울함은 슬픔과 같답니다,
나는 땅바닥까지 몸을 굽힙니다.
잠자리도 당신 없으면 남의 것
그건 더러운 자 같은 끔찍한 묘지입니다.

당신은 황제처럼 엄한 매 같습니다.
당신은 모든 땅에서 세금을 받습니다.
당신의 문턱을 닳도록 드나드는
나처럼 가난한 이들은 헤아릴 수 없이 많답니다.

내가 당신의 마음에 듭니까, 나의 영웅이여?
다른 여자가 당신에게 필요 없을 때
당신은 나의 매이고 나는 당신의 꿩입니다,
나를 가지세요, 그리고 마음껏 드십시오!

나는 명주 천처럼 굽이굽이 펼쳐지고
유연한 나무줄기처럼 약 올리며

내 열정으로 당신께 한 몸을 바칠 것입니다,
선택과 결정의 종결과 시초를 맺으시라고.

나의 생각들을 이 종이에 적어놓았습니다,
당신은 이것이 좋은 것임을 알아주십시오,
젊은이들이여, 이 편지를 읽어보세요,
마음이 원하고 바랄 때에.

이 편지 누군가의 마음에 든다면
그는 이것을 노래로 불러 칭송하게 될 것입니다.
그가 이 노래를 누구에게 하든지
그건 이걸 듣는 사람에게 바쳐진 것입니다.

나으리에게 노래들을 모으라고 하세요,
가락을 배우고 열중하라고 해보세요.
우리의 불쌍한 꼭바이*는 가련하답니다,
이런 노래를 부를 수 없는 것이!…

Қыз сөзі

Қиыстырып мақтайсыз,
Ойласаң не таппайсыз?
Бізде ерік жоқ, өзің біл,
Әлде неге бастайсыз.

---

* 꼭바이(Көкбай, 1864-1927) : 아바이의 제자이자 아바이와 가장 절친했던 친구 중 하나. 아
  바이가 쓴 시들 중 두 편에 이 친구의 이름이 등장한다.

Біз де әркімді байқаймыз,
Тап бергеннен тайқаймыз.
Сіздей асыл кез болса,
Қайтіп басты шайқаймыз?

Ақылыңа сөзің сай,
Сіз – жалын шоқ, біз – бір май.
Ыстық сөзің кірді ішке,
Май тұра ма шыжымай.

Қабыл көрсең, көңілім жай,
Тастап кетсең, япырмай,
Ит қор адам болар ма,
Бұл жалғанда сорлыңдай?

Тілегімді бермесең,
Амалым не, жерлесең?
Үйір қылма бойыңа,
Шыны жақсы көрмесең.

Қайғың болар шермен тең,
Қара көңілім жермен тең.
Сенсіз маған жат төсек
Болар бейне көрмен тең.

Сіз – бір сұңқар шаһбаз,
Жер жүзінен алған баж.
Біздей ғаріп есепсіз,
Есігіңде жүр мұқтаж.

Көңілің тұрса бізді алып,
Шыныменен қозғалып,
Біз – қырғауыл, сіз – тұйғын,
Тояттай бер, кел де алып.

Тал жібектей оралып,
Гүл шыбықтай бұралып.
Салмағыңнан жаншылып,
Қалсын құмар бір қанып...

Мұны жаздым ойланып,
Ойда бардан толғанып.
Кірсе ішіңе оқи бер,
Бозбалалар, қолға алып.

Мұны оқыса кім танып,
Жүрегіне от жанып,
Сөзді ұғарлық жан тапса,
Айтса жарар ән салып.

Өлең жиған тырбанып,
Ән үйренген ырғалып.
Сорлы Көкбай қор болды-ау,
Осыншадан құр қалып.

_1889_

사랑과 정욕은 두 개의 서로 다른 길
정욕은 성욕과 신체의 변덕을 위한 것이라.
난 사랑에 빠졌구나, 그대 같은 사람 내게 없으니,
내게 무슨 일이 생겨도 오직 그대만 행복하기를.

그대 내 마음의 기쁨이 된 이상
숨지 마오, 그대 빛으로 내 마음을 기쁘게 해주오.
누군가의 맘에 들어도 다른 이에겐 안들 수 있건만
모든 이에게 친절한 그대 마음 정녕 무엇이더냐!

사랑이 온다면, 그 사랑 그대 몸 사로잡고 말아
그대를 열병 앓은 듯 허약하게 만들리라.
희망을 잃게 만들면 온 몸이 오한에 휩싸이겠지만
희망을 준다면 다시 빛나며 활활 타오르리라.

Ғашықтық, құмарлықпен – ол екі жол,
Құмарлық бір нәпсі үшін болады сол.
Сенен артық жан жоқ деп ғашық болдым,
Мен не болсам болайын, сен аман бол.

Көңілімнің рахаты сен болған соң,
Жасырынба, нұрыңа жан қуансын.
Бірге жаққан біреуге жақпаушы еді,
Сүйкімді тірі жанға неткен жансың?!

Ғашықтық келсе, жеңер бойыңды алып,
Жүдетер безгек ауру сықылданып.

Тұла бой тоңар, суыр, үміт үзсе,
Дәмеленсе, өртенер күйіп-жанып.   _1889

....

그대는 나의 눈빛
그대는 내 마음의 빛깔
그대로 인해 내가 앓고 있네,
이 병은 완치되지 않으리라.

나이가 아주 많이 들어
가장 현명한 카자흐인도
이 세상에서 그대 같은 여자
찾아내지 못했으리라.

울면서 노래를 시작하고
그래서 내 마음 약해지네.
만일 말이 서툴러서 안 된다면
사랑하는 이를 위해 할 말을 찾으리라.

엄하고도 침착하게 노래하리라,
나의 사랑에 대하여.
나는 이미 오래전부터 내 감정을
그대에게 감추지 않네.

심장의 비밀들을 잘 아는 이,
처녀의 눈길은 깊고 그윽하여라.

겉으로는 순결해 보이지만
판단하는 것이 실제로는 잔인하구나.

주위 뭇 남자들은 괴로워하건만
그대는 인내심의 친구.
내게는 불이 타오르지만
그대 내게 고통까지 주지는 않네.

단체회의는 판관을 치장해 주고
집에서는 우리를 부르네,
사랑을 모르는 태평한 마음들에게는
아마도 지혜가 없는 듯.

심장을 찢어 발겨보아도
사랑에는 끝이 없구나.
그대여, 내 말 좀 들으렴,
그리고 껍데기를 벗으렴.

눈을 멀게 만드는 하얀 이마,
그대 모습 내게 보여주오.
굽실굽실한 머리카락과
발그스레한 그대의 볼도.

꺾인 눈썹 밑에 자리 잡은
세상에 더 이상 없을 검은 눈,
입술은 꿀의 꽃이고
이는 눈보다도 하얗구나.

코도 나를 매혹시키고
몸은 바람도 구부릴 수 있구나.
하얀 살결은 부드럽기가
귀하디귀한 꽃과 같아라.

멈춰라, 내 눈의 빛이여!
제발 나 좀 보아라!
내 눈길이 마음껏
그대의 아름다움을 즐기도록.

나의 고통이여, 그대를 보며
내가 기쁘도다!
그대의 매혹적인 웃음소리는
마치 꾀꼬리 울음소리인 듯!

그대여, 웃으면서
타인처럼 행동하지 마라,
나는 자신을 희생시키는 것이
그대를 위해 아깝지 않다.

그대는 꽃의 향기,
눈길에 부끄러움을 주는 빛깔.
그대를 보기만 하면
나는 사랑에 휩싸이고 마네.

그대는 낱말보다도 부드럽고
이름보다도 화려하여라!

말주변 없는 내 생기 없는 말이
그대 아름다움 앞에 무엇이더냐?

내 심장을 기쁘게 하는 그대,
온 몸을 달콤하게 해주는 그대.
창조자가 가장 멋들어지게 만든 것
그 선량함의 광명이여.

하느님은 아름다움을 선물하네,
또 사랑은 비난받을 짓이 아니라네.
미녀들을 사랑하라고
예언자도 그리 유언했다네.

무엇으로 그대를 유혹할까?
어떻게 사랑의 아픔을 덜까?
오직 그대와의 만남만이
모든 것을 바꿀 수 있으리.

사랑을 하는 이들은 수없이 많네.
그대의 님은 누구인가?
유감스러워라, 나는 그대에게
말조차 제대로 붙이지 못했으니.

그대 어디선가 손짓하며 걸어가네…
그대에겐 열정이 얼마나 많은지!
말릴 수 없는 그대의 웃음
나를 정복해버리네!

사람들은 누구나 성공하리라 믿고
모두가 그대를 갖기를 원하네.
가련한 나의 마음은
영원히 편안치 못하리라…

Kөзімнің қарасы,
Көңілімнің санасы,
Бітпейді ішімде,
Ғашықтық жарасы.

Қазақтың данасы,
Жасы үлкен ағасы.
Бар демес сендей бір
Адамның баласы.

Жылайын, жырлайын,
Ағызып көз майын.
Айтуға келгенде,
Қалқама сөз дайын.

Жүректен қозғайын,
Әдептен озбайын.
Өзі де білмей ме,
Көп сөйлеп созбайын.

Тереңдеп қарайсың,
Телміріп тұрмайсың.
Бихабар жүргенсіп,
Бек қатты сынайсың.

Сан кісі мұңайсын,
Сабырмен шыдайсың.
Күйемін, жанамын,
Еш рахым қылмайсың.

Ақылсыз би болмас,
Сәулесіз үй болмас.
Жүректе оты жоқ,
Адамда ми болмас.

Шын ғашық сый болмас,
Сый болса, сыр болмас.
Арызымды айтайын,
Құй болар, құй болмас.

Кең маңдай, қолаң шаш,
бір кез, я құлаш.
Ақ тамақ, қызыл жүз,
Қарағым, бетіңді аш!

Қара көз, имек қас,
Қараса жан тоймас.
Аузың бал, қызыл гүл,
Ақ тісің кір шалмас.

Қыр мұрын, қыпша бел,
Солқылдар соқса жел.
Ақ етің үлбіреп,
Өзгеше біткен гүл.

Қарағым, бермен кел,
Бізге де көңілің бөл,
Қалқамның нұсқасын,
Көр, көзім, бір кенел.

Қайғың – қыс, жүзің – жаз,
Боламын көрсем мәз.
Күлкіңіз бойды алар,
Бұлбұлдай шықса әуез.

Кісімсіп дүрдараз,
Бұраңдап қылма наз.
Мал түгіл басымды,
Жолыңа берсем де аз.

Иісің – гүл аңқыған,
Нұрың – күн шалқыған.
Көргенде бой еріп,
Сүйегім балқыған.

Қаяусыз калпынан,
Өзі артық даңқынан.
Қызыл тіл шыға алмас,
Мақтаудың шартынан.

Сенсің – жан ләззәті,
Сенсің – тән шәрбәті.
Артықша жаратқан,
Алланың рахматы.

Көрік – тәңірі дәулеті,
Қылса ұнар құрметі.
Сұлуды сүймектік –
Пайғамбар сүндеті.

Не десем саған еп?
Ғашығың да қайғы жеп,
Өртенген жүрекке,
Бір көрген болар сеп.

Біздердей ғашық көп,
Қайсысы саған дөп?
Жөндеп те айтпадым,
Жүрегім лүпілдеп.

Назына кім шыдар?
Бұраңдап жүр шығар.
Қасқая күлгені,
Қылады тым құмар.

Ер емес қымсынар,
Әркім-ақ ұмсынар.
Құдай-ау, бұл көңілім,
Күн бар ма бір тынар?

_1891

나는 보잘 것 없고 가련하여라.
그대 없는 나… 어찌 해야 할까?
이제 나는 무너져 버렸네,
운명의 간계로 인하여.

창조자가 예정한 것이니
제 시간에 그걸 보게 되리라.
나의 혓바닥이여, 흐르며 노래하라,
영원히 괴로워하는 것으로.

나는 매번 지치고 마네,
그대의 맹세를 믿는 것이.
언제까지 이렇게 슬퍼해야 할까?
어떻게 이 아픔을 덜 수 있을까?

나는 이미 눈물 없이 그냥 그대로
지나치는 날이 없네, 그대로 인해서.
그대는 나와 인사하기 위해
편지 한 장도 안 쓰는구나.

심장은 더 이상 빛을 보기 싫어하네,
나에겐 더 이상 견딜힘이 없네.
나의 이 슬픈 울음소리를
혹시 그대가 들었기를.

그댈 위해 편지를 약으로 보내노라,
그대가 활기를 띠도록.

이 약이 생각의 길을 고치고
그대의 본질을 되찾아 줄지니.

Қор болды жаным,
Сенсіз де менің күнім,
Бек бітті халім,
Тағдырдан келген зұлым.
Тағдыр етсе алла,
Не көрмейді пәндә?

Сайрай бер, тілім,
Сарғайған соң бұл дерттен.
Бүгілді белім,
Жар тайған соң әр серттен.
Қамырықты көңіл,
Қайтсе болар жеңіл?

Сағындым сені,
Көрмедім деп көп заман.
Адам деп мені,
Салмадың сен хат маған.
Жай таба алмай жүрек,
Жасыған соң сүйек.

Бұл қылған зарым
Барса жардың маңына,
Ол – қылған дәрім
Ғашығымның жанына.
Оңалдырып ойды,
Түзетпей ме бойды?

_1889

무슨 일로도 어두운 내 마음 밝아지질 않네,
하늘에서 해와 달이 함께 빛나도.
그대보다 더 아름다운 이 세상에 없음이여
비록 그대에겐 나보다 더 좋은 연인 있을 수 있겠지만.

짝사랑에 빠진 자, 야위어가며 그리워할지라도,
연인을 잃고 다정한 말을 잃어버릴지라도,
참고 참으리라, 연인의 행동에 만족해하면서,
그녀의 모욕과 조롱 앞에 무릎 꿇고서.

Жарқ етпес қара көңілім не қылса да,
Аспанда ай менен күн шағылса да,
Дүниеде, сірә, сендей маған жар жоқ,
Саған жар менен артық табылса да.

Сорлы асық сарғайса да, сағынса да,
Жар тайып, жақсы сөзден жаңылса да,
Шыдайды риза болып жар ісіне,
Қорлық пен мазағына табынса да.

_1889

돔브라*를 잡을 필요가 없어라,
비애에 잠긴 심장을 어찌 억제할 수 있을까,
나는 걱정 속에 굳어버리리라
그리고 방울방울 눈물만 흘리리라.

무서워라, 내 마음에 또다시
존재했던 것의 메아리가 다시 깨어날까 봐.
그림자 속에서 나는 약해지고
또다시 헛소리하듯 슬픔에 잠기리라.

그러니 내게 다가와 나를 이해하라
따뜻한 눈길로 나를 보아라.
그리고 나의 기쁨아, 꿀 같은 말들로
내 마음의 고통을 달래주려무나.

그대여, 올바른 어조를 찾아 말해주렴,
내가 과거의 허물을 잊어버리고
또다시 그대에게 매혹되도록,
비애가 족쇄를 던져 버리도록.

그대 내게 조심스럽게 다가온다면
나는 많은 것을 이해할 수 있으리라,
내가 또다시 여러 가지 사색들 속으로
그대와 함께 조금씩 들어가리라.

---

* 돔브라 : 중앙아시아 전통의 2현악기 중 하나.

좋고도 고약한 경마놀이에서마저
난 그 소용없는 돌발행동에 지쳤느니
제발 나를 부드럽게 대해다오,
내가 제일 원하는 열매로 나를 배불려다오.

Домбыраға қол соқпа
Шымырлатып бір-бірлеп.
Жүрегім, соқпа, кел тоқта,
Жас келер көзге жүр-жүрлеп.

Қайғылы көңлім қайдағы
Бұрынғымды жаңғыртар.
Қайратты алып бойдағы,
Басымды қайғы қаңғыртар.

Онан да жылы жүзіңмен
Кел, жарым, қара бетіме.
Жылы, тәтті жауап айт
Іштегі қайғы, дертіме.

Іштегі ескі жалынды
Сөндір жаңа қылықпен.
Сөйлесші жақсы, жағымды
Мендей көңілі сыныкпен.

Сынық көңлім көп кешер,
Майда қолмен ұстасаң.
Көңілге түрлі ой түсер,
Әр тереңге нұсқасаң.

Күйлі, күйсіз бәйгеге
Қажыды көңлім көп шауып.
Көп қинамай әр неге,
Енді семірт, жем тауып!

....

그대를 원하지 않을 수 없었네.
나보다 더 불행한 이 없다네.
입 맞추며 안아주지 못했네.
남편처럼 그대를 가지지 못했네.

Сүйсіне алмадым, сүймедім,
Сүйегім жасып, сор қалың.
Сүйісіп саған тимедім,
Бола алмадым сенің жарың.

_1899_

....

그대, 젊은 시절을 기억하는가,
마음은 가득 차고 머리는 자유로웠으며
태평하고 생각 없이 취했던 날들을.
누굴 만나든 그땐 모두다 친구가 되었지

사랑과 열정, 재산과 행복, 이 모두가
친구와 공동으로 갖는 것이라 여겼지,

희망은 가까이에 있고 마음은 깨끗하고
이렇게 행복한 나날이 또 있었을까?

오, 하느님, 그 때가 어디로 가버렸나요,
사랑과 기쁨이 가득했던 그 날들이?
알아차릴 수 없도록 천천히 물러나
넌 아주 멀어졌구나, 야속한 시간아!

제 아무리 애원하고 욕을 해도
그토록 그리워하고 슬퍼해도
사랑은 떠났구나 친구들도 가버렸구나
그댄 그들을 따라잡지 못하고 멈춰서고 말리라.

내 눈에 눈물을 달라, 울어보리라
인내심을 달라, 한번 견디어보리라
찢긴 나의 심장에 약을 달라
상처를 꿰매어 아물게 해보리라

Есіңде бар ма жас күнің,
Көкірегің толық, басың бос,
Қайғысыз, ойсыз, мас күнің –
Кімді көрсең, бәрі дос.

Махаббат, қызық, мал мен бақ
Көрінуші еді досқа ортақ.
Үміт жақын, көңіл ақ,
Болар ма сондай қызық шақ?

Құдай-ау, қайда сол жылдар,
Махаббат, қызық мол жылдар?
Ақырын, ақырын шегініп,
Алыстап кетті-ау құрғырлар!

Жалынасың, боқтайсың,
Сағынасың, жоқтайсың.
Махаббат кетті, дос кетті –
Жете алмайсың, тоқтайсың.

Көзіме жас бер, жылайын,
Шыдам бер, сабыр қылайын.
Жаралы болған жүрекке
Дауа бер, жамап сынайын.   _1899

....

때때로 고집이 센 영혼이
사랑을 찾는구나, 가여운 이여!
열정과 고통을 바삐 참는데
심장은 힘들게 뛰는구나.

겪어온 부담의 세월들은
심장의 열기를 꺼뜨리지 않아라.
사랑은 예로부터 삶의 빛깔
허나 그것도 영원한 것은 아니지.

친구도 사랑 없으면 소용없는 것
이보다 더 나쁜 것은 없다네.
인생이 공허하다고 한숨 쉬지 말게,
친구와 아내와 아이들이 있으니.

그대는 심장에 필요한 것을
진정한 친구에게서 찾으리라.
탐욕과 허영심은 모두가 거짓이니
친구가 없으면 기쁨도 없다네.

Кейде есер көңіл құрғырың,
Махаббат іздеп талпынар.
Ішем деп бейнет сусынын
Асау жүрек алқынар.

Тартқан бейнет, өткен жас
Жүректің отын сөндірмес.
Махаббат – өмір көркі рас,
Өлген соң ол да үндемес.

Махаббатсыз – дүние дос,
Қайуанға оны қосыңдар.
Қызықтан өзге қалсаң бос,
Қатының, балаң, досың бар.

Жүрегі жұмсақ білген құл,
Шын дос таппай тыншымас.

Пайда, мақтан бәрі – тұл,
Доссыз ауыз тұшымас.   _1890

....

전에는 잔치를 좋아했고 그것만을
유일한 목적으로 알던 젊은이가
어느 날 전쟁터로 나갔네.
모든 사람들이 희망으로 살지 않던가.

그는 원수를 징벌하고자 하였네,
자기의 명예를 걸고 싸우고자 하였네.
그래서 혼인예식을 치르지 못하고
약혼녀를 기다리게 하였네.

그러나 벗이여, 그대가 아무리 서두른들
내 그대에게 말해주지 않지 않았던가,
하느님이 어찌 하려고 결심했는지,
하늘의 생명책에 무엇을 쓰셨는지를?

약혼녀를 쓰다듬어주는 사람은 없네,
그녀는 신랑을 그리워하네,
그녀는 그의 아내가 되려고
예식에 필요한 것들을 준비하네.

훌륭한 열성과 지성으로 쉼 없이
자기의 혼인예식 옷을 만드네.

서두르며 그리고 밤을 새워가며
바느질을 하네, 만남을 고대하면서.

그러나 서두른들, 내 귀여운 아이야
너는 하느님을 감동시킬 수 없단다.
나는 네 걱정을 한단다,
쓰디쓴 의심을 숨기지 않으며.

젊은이는 가슴에 총상을 입고
명예의 이름으로 전사했네.
만일 그가 한숨을 쉬었다면
이는 오직 약혼녀를 향한 것이었으리.

재난은 죽음을 알아차리고
모든 사람을 쓸어 눕히네.
약혼녀는 제 옷을 수의처럼 입고
소용돌이 한가운데로 들어가네.

모든 사람들이 영원한 세계
자기의 꿈으로 돌아갔네.
그러나 누가 그녀에게 말해주었던가,
분주한 거기서 신랑을 만날 수 있다고?

약혼녀는 자기의 사랑을 찾으러 갔네,
공포도 없이, 겁도 없이.
그러나 만약 거기서 다시 만나도
그들은 서로를 알아보지 못하리라

Асқа, тойға баратұғын,
Жаны асығып, жас жігіт.
Қолға кетті жауға бір күн,
Тірі адамның ісі – үміт.

Қозғады жау батыр ерді,
Жауға сойқан салғалы.
Қалыңдығы қала берді,
Жатыр еді алғалы.

Асықсаң да, шырағым,
Саған деген Құданың
Жазылған қандай жарлығы,
Есіткен жок құлағың.

Қалыңдық құшып, сүюге
Күйеуіне ынтызар.
Келісімен тиюге
Дайындалған ойы бар.

Көйлегін ақтан тіккіштеп,
Күні-түні дем алмай,
Бітіруге жүр күштеп,
Асыққансып, тоқталмай.

Сен асыққан екен деп,
Алла әмірін езгертпес.
Айтқаның болар ма екен деп,
Мен қорқамын, көз жетпес.

Жара басты кеудені,
Жаудан өлді ар үшін.
Ескермей өзге дүниені,
«Аһ!» деп өтті жар үшін.

Жамандық тұрмас күттіріп,
Ел есітті, қыз білді.
Ақ көйлекті бітіріп,
Кебінім деп киді, өлді...

Қол жетпеген некені
Сүйіп кеткен жан екен.
Көзің неге жетеді,
Қосылмақ онда бар ма екен?

Шыны ғашық жар болса,
Неге өлдім деп налымас.
Онда екеуі кез келсе,
Бірін бірі танымас.

_1890_

사랑하는 사람끼리 하는 말은 낱말 없는 언어
그냥 바라보고 직감을 받아들여라.
사랑에 빠진 이들은 실수하는 법이 없으니
바라는 대로 믿고 원하는 대로 웃어라.

나도 예전엔 이런 말을 잘 알고 있었지,
글자를 읽지도 않고 뜻을 알아채곤 했으니까.
한순간에 이해하고 그대로 납득했었건만
헌데 지금은 도무지 갈피를 잡을 수 없음이여.

Fашықтың тілі – тілсіз тіл,
Көзбен көр де, ішпен біл.
Сүйісер жастар қате етпес,
Мейлің илан, мейлің күл.

Ол тілге едік оңтайлы –
Қаріпсіз біліп сондайды.
Біліп-ақ, ұғып қоюшы ек,
Енді ішіме қонбайды.   _1894

....

붉어지기도 창백해지기도 하고
가슴이 빨리 뛰기 시작하네.
다른 이들 눈을 피해
서로를 만나야 함을 느끼네.

열렬히 사랑하는 두 연인은
한 길을 걷지 않을 수 없네.
그들은 만나면 슬퍼하고
필요한 말을 잇지 못하네.

자신들의 심장과 싸우면서
조심스럽게 걸어가네.
또 온 마음으로 주시하네,
말소리와 숨결의 살랑거림을.

숨결은 점점 뜨거워지고
손가락은 차갑게 떨리기 시작하네.
왜 그리 불편해하는지 모른 채
그들의 모습 달라지네.

어깨와 어깨가 스치고
눈과 눈이 흐려지네.
말없이 서로 입을 맞추네,
그리고 스스로에게도 취하네.

주위에는 나뭇잎이 놓여있고
그들 위에는 별들의 반짝임.
총각도, 처녀도
부드러운 감성의 떨림 안에 있어라.

그들에게는 다른 생각이 없고
자신들에게만 사로잡혀있구나.

넘치는 행복의 빛발
그들 심장에 고요히 흘러라.

심장에 감정이 가득 차고
뼈마디가 약해지네.
쾌락으로 인해 힘을 잃고
눈에는 본의 아니게 눈물이 맺히네.

재치 있는 속삭임, 깊은 생각,
그때 그대들은 어디에 있었는가?
사랑 앞에 머리를 숙여라
그대는 졌구나, 나는 그대를 쟁취했노라!…

Қызарып, сұрланып,
Лүпілдеп жүрегі.
Өзгеден ұрланып,
Өзді-өзі керегі.

Екі асық құмарлы,
Бір жолдан қайта алмай.
Жолықса ол зарлы,
Сөз жөндеп айта алмай.

Аяңдап ақырын,
Жүрекпен алысып,
Сыбдырын, тықырын,
Көңілмен танысып.

Дем алыс ысынып,
Саусағы суынып.
Белгісіз қысылып,
Пішіні құбылып.

Иығы тиісіп,
Тұмандап көздері.
Үндемей сүйісіп,
Мас болып өздері.

Жанында жапырақ,
Үстінде жұлдыз да.
Елбіреп-қалтырап,
Жігіт пен ол қыз да.

Өзге ойдан тыйылып,
Бірімен бірі әуре.
Жүрекке құйылып
Жан рахат бір сәуле.

Жүрегі елжіреп,
Буындар босанып.
Рахатпен әлсіреп,
Көзіне жас алып.

Жүйрік тіл, терең ой,
Сол күнде қайда едің?
Ғашыққа мойын қой,
Жеңілдің, жеңілдің!...

_1891

처녀의 말

그대는 편지로 나를 끌어들여
날 유혹하는데 성공했어라
그대는 나의 운명을 결정했어라
그대 없이 난 하루도 살 수 없어라

함부로 들러붙는 아첨꾼들을 내쫓으며
진리의 불길로 타오르는 열기를
나는 그대의 눈 속에서 보네, 내겐
그대를 거절할 마땅한 말이 없어라

그대의 말은 두 배나 영리하여라
나는 불속에 끼얹어진 기름 같아
내 마음속에는 단어가 타오르고
내 몸속에는 피가 끓어오르고 있어라

그대가 날 말에 태우고 힘차게 떠난다면
나는 더없이 행복하리라
헌데 그냥 가버린다면 이 세상에
나보다 더 불행한 처녀는 없으리라

그대를 사랑하는 나를 가련히 여기고
내게 실없는 약속일랑 하지 말아주오
날 유혹하지 말고 자존심을 건드리지 마오
나를 장난감으로 여기지 말아주오

그러나 그대가 영원히 나의 남자라면
나는 다른 운명을 바라지 않으리라
그대는 하얀 매요 나는 꿩이니
그대 뜻대로 마음껏 욕망을 충족시키오

들판에 펼쳐진 풀의 비단같이
강가에 자라난 갈대의 줄기 같이
나는 그대의 포옹 속에 물결치고
불같은 욕망으로 굳어버리리라

나의 이 화답에 대해 곰곰이 생각하느니
이 대답은 단순하고 직접적인 것
젊은이여, 나의 이 말을 잘 이해하기를
마음과 심장으로 그것을 느껴보기를

젊은이든 늙은이든 그 누구나
나의 명료한 이 화답을 기억하기를
젊은이와 늙은이들이 지은 사랑노래가
젊은이의 심장을 불타오르게 하기를

황금 같은 그 노래의 가사가
재앙이 아닌 즐거움으로 들려지기를
사랑에 빠진 모든 이들에게
마음이 젊은 모든 이들에게*

---

* 이 시의 카자흐어 원문은 앞에 나오는 시 '젊은 처녀의 말'의 원문과 똑같다. 카자흐어의
  중의성과 아바이 시에 대한 해석여지의 다양성을 보여주기 위해 새롭게 번역하여 추가해
  넣었다.

가여운 심장아
뛰지 마라

늙음이 있는 곳에 비애가 있고 꿈자리도 사나워라,
애석함은 독과 같고 생각의 맛은 짜구나.
말귀를 알아듣는 사람은 찾지 못하고
지쳤을 때에는 격려해주는 것도 없구나.

젊음이 가고 태어난 이들이 죽고
지나간 인생은 풀밭으로 되돌아오질 않네.
하느님 외에는 세상 모든 것이 변하고
그대의 모든 자취도 잊히게 되어있구나.

게으름이 그대를 이기게 해서는 안 되리,
현명치 못한 일들이 뒤따라오느니.
게으름뱅이는 오직 군중에만 열중하네,
사색이나 불손한 행동에 빠지는 것이 아니고.

수치스러운 사람은 노동도 못하고
더러운 행동으로 부끄러워하는 것이 보이네.
유리로 만들어진 그릇은 어느 날 깨어질 것이니
비열한 행동은 그를 법정으로 끌고 가리라.

인생이란 재산이지, 똑똑한 사람에게는,
또 집짐승을 늘리고 명예로 자라난 사람에게는.
헌데 그대에게서는 이도 저도 찾을 수가 없구나,
그대는 마을을 돌아다니며 제 웃음에 반해있구나.

그대 귀는 더러운 자의 흉계에 기울어
오직 날조된 거짓만을 듣고 있구나.

어떻게 그대가 진실의 가치를 알겠는가,
이렇게 비과학적인 것들을 믿는데.

금빛 나는 수건과 은빛 나는 종소리를
그대는 기적인 양 찬양했구나.
지혜로운 노인과 유식한 아버지의 말은
오래전에 거부하고 멀리 달아날 준비가 되었구나.

허나 이성적인 사람은 모든 면을 사색하지,
전체를 다 평가해야 하는 것이니까.
그는 제 자신에게서 판단과 규정을 찾지만
무지한 자는 오직 여론에 의지해서만 강하구나.

그는 악의를 숨기고 겉으로는 감동적이라네,
형제를 저승으로 보내고는 어찌나 우는지!
행운을 얻은 이들을 보며
그들이 하느님의 총아인 양 탄복하네.

백성들의 싸움으로 악마는 높이 들리고
패한 천사는 손해를 보고 있구나.
무지한 자는 제 잘못을 인정할 줄 몰라
왕위에 오른 악마를 도와 줄 것이리라.

얼마나 위엄 있고 신비하고 격분해 있는가!
적의를 불사르며 자신에게 빠져있으니.
그러나 인생에서 악의로 솟아오를 수 있던가?
놀랍지 않은가, 언제 자신을 바라볼 것인가?

다스리는 말의 어조를 배우기가 어찌 쉽던가?
또 정직한 이와 그렇지 못한 자가 같아졌던가?
허영심 때문에 촌장이 되어도
그는 무능하여 개처럼 졸렬하구나.

Қартайдық, қайғы ойладық, ұйқы сергек,
Ашуың – ашыған у, ойың – кермек.
Мұндасарға кісі жоқ сөзді ұғарлық,
Кім көңілді көтеріп, болады ермек?

Жас қартаймақ, жоқ тумақ, туған өлмек,
Тағдыр жоқ өткен өмір қайта келмек.
Басқан із, көрген қызық артта қалмақ,
Бір құдайдан басқаның бәрі өзгермек.

Ер ісі – ақылға ермек, бойды жеңбек,
Өнерсіздің қылығы өле көрмек.
Шыға ойламай, шығандап қылық қылмай,
Еріншек ездігінен көпке көнбек.

Жамандар қыла алмай жүр адал еңбек,
Ұрлық, қулық қылдым деп қағар көлбек.
Арамдықтан жамандық көрмей қалмас,
Мың күн сынбас, бір күні сынар шөлмек.

Адамзат тірілікті дәулет білмек,
Ақыл таппақ, мал таппақ, адал жүрмек.

Екеуінің бірі жоқ, ауыл кезіп,
Не қорлық құр қылжаңмен күн өткізбек?

Наданға арам – ақылды құлаққа ілмек,
Бұл сөзден ертегіні тез үйренбек.
Рас сөздің кім білер қасиетін,
Ақылсыз шынға сенбей, жоққа сенбек.

Қызыл арай, ақ күміс, алтын бергек
Қызықты ертегіге көтерілмек.
Ақсақалдың, әкенің, білімдінің
Сөзінен сырдаң тартып, тез жиренбек.

Ақылды қара қылды қырыққа бөлмек,
Әр нәрсеге өзіндей баға бермек.
Таразы да, қазы да өз бойында,
Наданның сүйенгені – көппен дүрмек.

Алашқа іші жау боп, сырты күлмек,
Жақынын тіріде аңдып, өлсе өкірмек.
Бір-екі жолы болған кісі көрсе,
Құдай сүйіп жаратқан осы демек.

Ел бұзылса, құрады шайтан өрмек,
Періште төменшіктеп, қайғы жемек.
Өзімнің иттігімнен болды демей,
Жеңді ғой деп шайтанға болар көмек.

Сырттансынбақ, құсынбақ, өршілденбек,
Сыбырменен топ жасап бөлек-бөлек.

Арамдықпен бар ма екен жаннан аспақ,
Өзімен-өзі бір күн болмай ма әлек?

Қолдан келе бере ме жұрт меңгермек,
Адалдық, арамдықты кім теңгермек?
Мақтан үшін қайратсыз болыс болмақ,
Иттей қор боп, өзіне сөз келтірмек.   _1886

....

늙음이 있는 곳에 비애가 있고 거기엔 오직 고통뿐
이런 이상한 시절에는 내가 젊은이들을 두려워하네.
누구를 봐도 개의 눈을 가지고 있구나,
오래전부터 매수당한 욕심 많은 사람들.

부자들은 가져가네, "이자를 붙여 돌려주리다!
그대에게 필요할 때 공짜 빵을 주리다…"
또 판관과 촌장은 말다툼하네,
가문싸움에 도움을 줄 수 있다고.

가난뱅이들도 가져가네, 꼭 갚겠다고 하면서,
선거당선자는 운이 좋아서 가져가고,
뻔뻔스러운 자는 그냥 내놓고 가져가네,
압박이 센 적의로 무섭게 위협하며.

친구들도 제가 도와줄 것처럼 허세부리며 가져가네,
전쟁터에서 나를 버리지 않을 거라고 하면서.

나는 그들 눈에서 읽네, "우리가 전쟁터에서 널 버리면
넌 오랫동안 우리 대열을 못 찾을 것이다!"라는 말을.

지독히 더러운 자는 모략을 꾸몄다고 하며 가져가네,
내가 걱정하지 않도록 해놓았다고 하면서.
백 마리의 집짐승에 이백 개의 갈망하는 입들,
생각이 너무 많아 그대의 머리가 빙빙 도는구나.

그들은 백성들을 불러 자기 집짐승을 잡아 먹이네,
그들과 백성들 보고 온순해지라고.
까마귀보다 더 많은 사람들이 모이네,
더 많이 주는 사람 편을 들면서.

배신하기 전에는 정말 수치스러울 정도로 일이 없지,
마음에는 이전 맹세의 흔적조차 남아있지 않구나.
그걸 상기시키면, 온갖 개보다 더 악랄하게 덤벼드네,
곤경에 빠질 만큼 물어버릴 거라고 위협하며.

관리가 말했네, "공짜로 맘대로 가져가라!
그리고 네가 존경하는 사람을 선택해 투표하라!"
그러나 눈길을 위로해주는 개혁은 없구나,
"이것 보게!" 러시아인이 유감스러워하며 꾸짖네.

사람들은 더 비열하고 날쌔게 되고자 하네,
분별 있고 똑똑한 말들을 외치면서.
그들은 운명으로 주어진 날들을 즐기며
결단코 하느님과 함께 살지 못하리라.

아들은 아버지를, 형제들은 서로를 보살피면서
무엇하러 개처럼 그런 공포 속에 있는가.
무엇하자고 자신의 명예를 탐욕 때문에 팔겠는가,
죽는 날까지 더러운 자로 남으려고 그러는가?

가까운 마을과 먼 마을에 있는 카자흐인들은
주위 모두에서 서로 싸우고 있구나.
이것이 다 누군가의 아픈 마음이
만족과 행복대신 고통의 길을 만들기 때문이라네.

저주를 받으라 하라, 떨리는 자기들의 마음으로 인해,
다 모아 싼 값에 팔아버린 집짐승들로 인해.
또 하루하루의 세월에 함정의 씨를 뿌려
간사한 것과 거짓을 숭배하게 만들었음으로 인해.
그 거만한 자식도 저주를 받으라 하라,
타고 다니는 말을 가렵게 만든 마지막 이처럼.

Қартайдық, қайрат қайтты, ұлғайды арман,
Шошимын кейінгі жас балалардан.
Терін сатпай, телміріп, көзін сатып,
Теп-тегіс жұрттың бәрі болды аларман.

Бай алады кезінде көп берем деп,
Жетпей тұрған жерінде тек берем деп.
Би мен болыс алады күшін сатып,
Мен қазақтан кегіңді әпперем деп.

Жарлы алады қызметпен өткерем деп,
Елубасы шар салып, леп берем деп.
Жалаңқая жат мінез жау алады,
Бермей жүрсең, мен сені жек көрем деп.

Дос алады бермесең бұлт берем деп,
Жауыңа қосылуға сырт берем деп,
Бұзылған соң мен оңай табылмаспын,
Не қылып оңайлықпен ырық берем деп.

Сұм-сұрқия – сұмдықпен еп берем деп,
Сүйер жансып, сүйкімді бет берем деп.
Жүз қараға екі жүз аларман бар,
Бас қатар бас-аяғын тексерем деп.

Ел жиып, мал сойыңыз ет берем деп,
Ет берсем, сен мендік бол деп берем деп.
Қара қарға сықылды шуласар жұрт,
Кім көп берсе, мен соған серт берем деп.

Бұзыларда ойламас бет көрем деп,
Ант ішуді кім ойлар дерт көрем деп.
Қабаған итше өшігіп шыға келер,
Мен қапсам, бір жеріңді бөксерем деп.

Орыс айтты өзіңе ерік берем деп,
Кімді сүйіп сайласаң, бек көрем деп.
Бұзылмаса, оған ел түзелген жоқ,
Ұлық жүр бұлісіңді кек көрем деп.

Жұрт жүр ғой арамдықты еп көрем деп,
Тоқтау айтқан кісіні шет көрем деп.
Бар ма екен жай жүрген жан қанағатпен,
Құдайдың өз бергенін жеп көрем деп?

Атаны бала аңдиди, ағаны – іні,
Ит қорлық немене екен сүйткен күні?
Арын сатқан мал үшін антұрғанның
Айтқан сөзі құрысын, шыққан үні.

Алыс-жақын қазақтың бәрі қаңғып,
Аямай бірін-бірі жүр ғой аңдып.
Мал мен бақтың кеселі ұя бұзар,
Паруардигәр жаратқан несін жан қып!

Ант ішіп күнде берген жаны құрсын,
Арын сатып тіленген малы құрсын.
Қысқа күнде қырық жерге қойма қойып,
Қу тілмен құлық сауған заңы құрсын.
Бір атқа жүз құбылған жүзі күйгір,
Өз үйінде шертиген паңы құрсын.

_1886

선은 너무나도 빨리 지나가고
악은 아무 때나 영원하여라.
희망의 말들이 예전처럼 끝없이
먼 곳으로 달리지를 않아.
그대가 양날 송곳으로 찔러도 모른 채
그는 심장의 슬픔에만 빠져있구나.
맞바람은 하나의 슬픔에 잠기면 곧바로
백 여 개의 슬픔을 내보내네.
노인은 날아다니는 유목민의 초병
말을 타고 돌며 신경질적으로 엉엉 우네.

검은 구름이 족쇄에 잠겨 어두워질 때
어찌 하늘이 웃을 수 있겠는가?
걱정으로 고아가 될 때
어찌 심장이 두근거리지 않겠는가?
그대가 슬픔에 휩싸여 있을 때
입술은 미소로 돌아갈 수가 없구나.
그러나 이것을 견딜 수 있는 사람은
수치감에 잠기지 않는다네.

그래도 슬픔은 너무 클 때엔
그대를 비틀어 조이고 망가뜨리지.
친척들은, 만일 그들이 나쁜 자들이면 타인,
그들의 악의가 마음을 아프게 하네.
무지가 헤아릴 수 없을 때
그것은 모든 곳에서 그대를 껴안는구나.

뻔뻔한 것들의 거만은 비교할 데가 없고
내 마음은 그들 속에서 괴로워하네.

Жақсылық ұзақ тұрмайды,
Жамандық әр кез тозбайды.
Үміттің аты елеріп,
Қос тізгінді созбайды.
Қос тепкіні салсаң да,
Уайымнан озбайды.
Бір қайғыны ойласаң,
Жүз қайғыны қозғайды.
Жер қорығыш желгек шал
Желіп жүріп боздайды.

Құрсаған бұлт ашылмай,
Аспанның жүзі көгермес.
Үрпейген жүрек басылмай,
Талапты көңіл елермес.
Шырайды қайғы жасырмай,
Күлкінің ерні кезермес.
Шыдасаң есті қашырмай,
Құлдатып, қор қып жібермес.
Кез келсе қайғы қат-қабат,
Қаңғыртпай қоймас адамды.

Қасиетсіз туған – ол да жат,
Күңкілдеп берер сазаңды.
Бәрінен де сол қымбат,

Қайтерсің өңкей наданды.
Сыпыра батыр сұм құрбәт
Мақтанмен алды мазамды.   _1893

....

사랑 없이는 소산이 없고
자식 없이는 소득이 없네.
곳곳마다 근친 같은 부류와 친척들뿐
그러나 그 누구도 달래주지 못하네.

격분하기에는 타오르는 것이 없고
만족하기에는 참을성이 없네.
머리와 수염은 백발이 되어있어
아무 것에서도 즐거움을 찾지 못하네.

젊은이들에게는 배려가 없고
징징거리는 사람에게는 존경심이 없네.
남의 마당을 감시하는 노인에게는
의심할 바 없이, 지혜가 없네.

Туғызған ата, ана жоқ,
Туғызарлық бала жоқ.
Туысқан-туған, құрбылас
Қызығымен және жоқ.

Тулайын десе шара жоқ,
Толықсып жүрер шама жоқ.
Ұйқы мен астан дәм кетіп,
Сақалда, шашта қара жоқ.

Байбайшыл тартып, баға жоқ,
Жастарға жаппас жала жоқ.
Жат қораны күзеткен
Қартаң шалда сана жоқ.   _1896

....

압드라흐만의 죽음

압드라흐만*이 세상과 작별했다,
고작 스물일곱 살밖에 살지 못하고.
그대에게 의식의 빛이 주어졌다면
이것을 누구와 비교해 볼 것인가?

욕심의 영혼자취는 그를 이끌지 않았다,
그는 친척들에게 언제나 친절했다.
복되게도 하느님이 그에게 거만을 주지 않고
깨끗한 웃음을 선사하셨다.

---

* 압드라흐만(Әбдірахман, 1869-1895) : 아바이의 첫 번째 부인에게서 난 아들. 쌍크트 뻬쩨르
  부르그에서 포병학교를 졸업했다. 그는 독일어에 능통하여 아바이가 고대 그리스와 로마
  로 시작되는 서구문화를 이해하는데 많은 도움을 주었다.

그는 조용히 있을 줄을 몰랐었다,
과학의 맛을 알기 전 그때까지는,
알 수 없는 땅
그 광야를 걷기 전까지는.

백발에 현명함이 깃들여있지 않으면
오래 산들 무엇에 쓸 모가 있겠는가.
가슴에 하느님의 빛이 없으면
무지는 역시 마멋이나 같구나!

그는 이미 뻬쩨르부르그*에서부터 알고 있었다,
자기가 많이 아프다는 것을.
그러나 그는 어릴 때부터 굳세게 자라났다.
그는 운명에 맞서느라 묵묵히 견뎌냈다.

"난 예언자처럼 오래 살지 못할 것이다!"
이따금 진담 반 농담 반으로 말하곤 하였지.
그리고 그는 웃었지,
그에게 정을 느낀 이들이 울지 못하도록.

비록 매우 짧긴 했지만 그는
과학으로 자신의 삶을 연장했다.
그는 지식으로 많은 마음들을 적셨다,
물이 넘치는 큰 강처럼.

---

* 뻬쩨르부르그 : 러시아와 카자흐스탄에 있는 지명들.

크림과 뚜르께스딴과 카프카스*도
러시아와 시베리아도 돌아다녔다.
그는 온 세상을 안아보지 못하고서는,
세상나라들을 모르고서는 살수가 없었다.

갑자기 나타났다 사라진 혜성처럼
삶의 하숙집에 그는 오래 머물지 않았다.
아, 누가 그를 비난할 수 있겠는가,
그의 성스러운 무죄를.

운명과 말 못하는 인연을 맺어,
심장과 지혜를 믿어
죽음에 순종하며 그는
그 누구에게도 마음을 열어주지 않았다.

그는 오직 종이만을 믿고 글을 썼다,
우리와 제 친척들을 얼마나 사랑했는지를,
그의 의무가 너무나도 커서
아내 앞에서 얼마나 괴로워했는지를.

백 살 된 노인도 알지 못했다,
그 젊은이가 본 것을.
그는 마지막으로 썼다. "아버지!
그렇게 슬퍼하지 마세요, 아버지!"

---

* 크림, 뚜르께스딴, 카프카스 : 러시아와 카자흐스탄에 있는 지명들

나는 낡은 것의 끝이고
그는 새것의 지도자였다.
소금처럼 짜디짠 눈물이 흐른다,
나는 늙은이가 되어 고아가 되었다.

불행 중에서도 가장 슬픈 불행,
그는 나의 살아있는 정화수였다.
채찍으로 눈을 맞은 듯
눈물에 휩싸여 목이 멘다.

Әбдірахман өліміне

Жиырма жеті жасында
Әбдірахман көз жұмды.
Сәулең болса басында,
Кімді көрдің бұл сынды?

Дүниелікке көңлі тоқ,
Ағайынға бауырмал.
Тәкәппар, жалған онда жоқ,
Айнымас жүрек, күлкің – бал.

Ғылым оқып білгенше,
Тыным, тыныштық таппаған.
Дүниені кезіп көргенше,
Рахат іздеп жатпаған.

Ұзақ өмір не берер,
Көрген, білген болмаса?
Жатқан надан не білер,
Көңілге сәуле толмаса?

Петербурда-ақ кідірмей,
Біліпті дерттің барлығын.
Тәуекел қып білдірмей,
Күтіпті тәңрі жарлығын.

Қалжыңы, шыны аралас,
Өмірім аз деп білдіріп.
Бөтен көзде көрсе жас,
Ойнаймын деп күлдіріп.

Аз өмірін ұзайтқан,
Ғылымға бойы толған соң.
Көрген жерін молайтқан,
Оқып, біліп болған соң.

Қырым, Кавказ, Түркістан,
Ресей, Сібір қалмады.
Хабарланып әр тұстан,
Көрмей дамыл алмады.

Құйрықты жұлдыз секілді
Туды да, көп тұрмады.
Көрген, білген өкінді,
Мін тағар жан болмады.

Тәуекел зор, ақыл мол,
Қорықпай тосқан тағдырын.
Қиынсынбай өлімді ол,
Білдірмеген еш сырын.

Ата-ананың қызметін,
Алған жардың қарызын,
Өтемей кеткен бейнетін,
Қағазға жазған арызын.

Көргені мен білгені
Жүзге келген шалдан көп.
Бізге уайым жегені –
Арманда боп қалды деп.

Жаңа жылдың басшысы – ол,
Мен ескінің арты едім.
Арман деген ащы сол,
Сүйекке тиді, қарт едім.

Қайғы болды, күйгендей,
Ол қуатым еді рас.
Көзге қамшы тигендей
Шыр айналды артқы жас.

_1895_

운명에 삐친 우리는 버림받은 이들
그러나 악한 인생과 작별하려 서두르지 않네.
운명은 빈손으로 우릴 죽이지 못하네,
자기가 영웅이 되려고 하지만.

Соры қалың соққы жеген пышанамыз,
Қайтіп суып, жалғаннан күсе аламыз.
Құр дәрімен атқанға өлмейді екен,
Өмірі мақтаншаққа нысанамыз.

_1897_

....

둘러보니 모두들 시장으로 가서
원하는 건 무엇이든 다 찾아내네.
누구는 빵을, 다른 이는 산호목걸이를 사고,
허나 시장은 모두에게 같은 물건을 주질 않네.

사람들은 저마다 찾는 물건 있어
각자 형편에 맞게 그것들을 구입하네.
누구는 이 말뜻 이해하나 다른 이는 못하리라,
그들은 물건의 진정한 가치를 모른 채 놀라리라.

지금, 이 말 이해하는 사람들 있을까?
모두들 마음에 들라고 이 말 한 게 아니라.
쓰인 글귀도, 구멍 뚫린 진주도 헛되이 되고
이 말 이리 저리 넘어가 온 백성에게 퍼지리.

한 사람 아닌 온 백성에 대해서 쓰노니
벗들이여, 노여워 말고 내 말을 들어보게.
사람들 말하듯 "개 목의 산호목걸이로 무얼 하겠는가"
빛이 있는 젊은이들은 생각에 잠기리라.

Базарға қарап тұрсам, әркім барар,
Іздегені не болса, сол табылар.
Біреу астық алады, біреу – маржан,
Әркімге бірдей нәрсе бермес базар.

Әркімнің өзі іздеген нәрсесі бар,
Сомалап ақшасына сонан алар.
Біреу ұқпас бұл сөзді, біреу ұғар,
Бағасын пайым қылмай аң-таң қалар.

Сөзді ұғар осы күнде кісі бар ма?
Демеймін жалпақ жұртқа бірдей жағар.
Жазған соң жерде қалмас тесік моншақ,
Біреуден біреу алып, елге тарар.

Бір кісі емес жазғаным, жалпақ жұрт қой,
Шамданбай-ақ, шырақтар, ұқсаң жарар.
«Ит маржанды не қылсын» деген сөз бар,
Сәулесі бар жігіттер бір ойланар.
                                                        _1886

당신을 믿었습니다, 나의 하느님이시여
당신께 이끌어주소서, 나는 모든 면에서 당신 것.
원수에게 목덜미를 잡혔을 때
내 곁에는 한사람도 보이지 않았습니다.
아르근 가문과 나이만 가문의 지도자들은
내가 불같은 말들로 무찔렀습니다.
허나 아르근가문 토빅크트파*의 낮은 집단 평민들에겐
우박과 우레라는 뜻의 말이 아무 소용이 없었습니다.
내가 언어를 금덩어리로 만들어
그들 앞에 던져 주는데도 그들은 받지를 않고
그 대신 구리 조각이라도 달라 해도 주질 않습니다.
그들은 죄 많은 시장에서 거친 면직물로
금은실을 수놓은 비단을 사고파 합니다,
당신을 속이려고 수고를 아끼지 않으면서.
그러나 매듭을 자르면,
그 거만한 머리들을 자르면
시간이 전환의 때를 정할 것입니다.
그대들이여, 어찌 징벌을 피할 수 있겠는가,
격노한 하느님의 얼굴에서?

---

* 아르근(Арғын) 가문, 나이만(Найман) 가문, 토빅크트(Тобықты) 파 : 카자흐인들은 3개의
쥬스(민족의 하위단위인 부족과 비슷한 개념의 계파)로 이루어져 있는데 대쥬스, 중쥬스,
소쥬스가 그것이다. 물론 대중소의 명칭만 붙어있을 뿐 이 쥬스들 간에 상하의 구분은
없다. 아르근 가문(씨족)과 나이만 가문(씨족)은 중쥬스에 속해있다. 아바이는 아르근 가문
에서 태어났으며 그 중에서도 토빅크트라 불리는 파의 출신이다.

Патша құдай сыйындым,
Тура баста өзіңе.
Жау жағадан алғанда,
Жан көрінбес көзіме.
Арғын, Найман жиылса,
Таңырқаған сөзіме.
Қайран сөзім қор болды,
Тобықтының езіне.
Самородный сары алтын,
Саудасыз берсең, алмайды
Саудыраған жезіне.
Саудырсыз сары қамқаны
Садаға кеткір сұрайды
Самарқанның бөзіне.
Кеселді түйін шешілсе,
Кердең мойын кесілсе,
Келмей кетпес кезіне.
О да құдай пендесі,
Түспей кетер деймісің
Тәңрінің құрған тезіне?

_1886_

촌장이여 그대는 괜히 그렇게 기뻐하는구나,
관리가 형제처럼 부드러워졌다고,
그가 수놓은 외투를 그대에게 입혀주었다고,
그가 열성스러워졌다고.

이것이 영원할 거라 생각지 마라,
이 기쁨은 하루살이 기쁨에 지나지 않으니.
외투와 가슴의 금줄 장식이
그에게서 받은 모욕들을 어찌 보상해 주겠는가?

그대는 웃고 만족해하고 자랑스러워하며
가문과 친척들 앞에서 자랑하는구나.
끝날 줄 모르는 자랑의 연기
이 헛소리가 무엇 때문에 필요한가.

모든 사람들이 다 만족해하고 양도 잡았구나,
심부름꾼에게는 선물까지 받아오라 일렀구나.
그대들은 나를 편치 못하게 한다,
이 모든 것이 나를 지치게 만들었어라!

무엇 때문에 기뻐하는지 나는 모르겠다,
난 도무지 같이 기뻐하지를 못하겠다.
보통은 달콤한 음식을 맛본
아이들이나 그렇게 만족해하지 않던가.

나는 유감스럽고 수치스러워 슬픔에 잠겼다,
"이렇게 자신을 망신시키다니? 그것도 모두 앞에서!

그대 조금이라도 생각해보라, 어떤 대가로
이 가여운 성과를 쟁취했는지?

그대는 손에서 반짝거리는 노리개를 보고
정신 줄 놓을 여자 같은 그런 사람이 아니잖은가.
… 다른 사람들더러 그대를 믿으라 하라,
허나 난 그대의 실패를 느낀다, 믿지 않는다.”

Мәз болады болысың,
Арқаға ұлық баққанға.
Шелтірейтіп орысың,
Шенді шекпен жапқанға.

Күнде жақсы бола ма,
Бір қылығы жаққанға?
Оқалы тон тола ма,
Ар-ұятын сатқанға?!

Күлмең қағып қасқайып,
Салынып ап мақтанға.
Таң қаламын қампайып,
Жоқты-барды шатқанға.

Үйі мәз боп, қой сойды
Сүйіншіге шапқанға.
Әуре қылды, салды ойды
Үйдегі тыныш жатқанға.

Еш нәрсе емес жұбанар
Ақыл көзбен баққанға.
Жас баладай қуанар,
Бір дәмдіні татқанға.

Көзі барлар ойының
Күлер к...ін ашқанға,
Қасиетін бойының
Бекер төгіп шашқанға.

Қуанарлық қыз емес
Жылтырауық таққанға.
Өзгелерді, біз емес,
Түсірмекші қақпанға.

Осы да есеп бола ма
Ар, абұйыр тапқанға?
Миың болса, жолама
Бос желігіп шапқанға.

Бір бес надан, оңбассың,
Нансаң, онын қосқанға.
Жасық, жаман болмассың,
Жамандықтан қашқанға.

Ол «болдым-ақ» дей берер,
Бұлғақ қағып басқанға.
Елең қағып елбірер,
Елертіп көзді аспанға.

Жайы мәлім шошқаның,
Түрткенінен жасқанба.
Бір ғылымнан басқаның
Кеселі көп асқанға.

Одан үміт кім қылар,
Жол табар деп сасқанда?
Үйтіп асқан жолығар
Кешікпей-ақ тосқанға.   _1889

....

카자흐인이여, 친척이여, 나의 친근한 백성들이여!
콧수염은 자라 그대들 입을 가렸구나.
그대들은 피와 게걸스러움에서 선악을 가리질 못했구나,
그게 하루도 아니고 한해도 아닌데.
필요하다면 그대는 때때로 아주 좋은 사람이지,
때로는 장사꾼처럼 이도 저도 아니기도 하고.
그대는 자신의 말 외에는 다른 말을 이해하지 않는구나,
허황된 말에 빠진 인간쓰레기들이여.
어느 날 집짐승이 도난당할까 두려워
그대는 낮에는 웃을 수 없고 밤에는 잘 수도 없구나.
이렇게 마음먹을 때도 있고 저렇게 맘먹기도 하고
그대는 쉽게 타오르며 혹시나 하며 사는구나.
완전한 인간쓰레기들이 지도자가 되어
백성들 사이에 불화를 일으키는데 성공했구나.

그대가 자신의 의지를 손에서 놓쳤으니
그 누구도 그대의 진실한 모습을 돌려줄 수 없어라.
친척들도 믿을 수 없으리라, 만일 저들에게
가장 중요한 것이 자신들의 이해타산이라면.
단합도 없고 이를 향한 의지도 없으니
그대의 피해와 재난을 헤아릴 수가 없구나.
지혜와 재산을 모으지도 못하고
끊임없이 시샘하여 자신의 가문을 망치는구나.
계속하여 아집에 길을 내줄 것인가?
그대의 결함이 그대를 망신시키고 말리라.
마흔 살쯤이면 우리는 무엇으로 위안을 받을 것인가,
그대의 비행이 초원보다 더 높다는 것인가?
생각이나 걱정을 모르는 나의 교활한 사람들아
세월은 흐르는데 어릿광대질이 무슨 소용이 있는가?
그러나 그대를 정신 들게 하려는 사람은
오직 비방밖에 받지 못할 것이리라.

Қалың елім, қазағым, қайран жұртым,
Ұстарасыз аузыңа түсті мұртың.
Жақсы менен жаманды айырмадың,
Бірі қан, бірі май боп енді екі ұртың.
Бет бергенде шырайың сондай жақсы,
Қайдан ғана бұзылды сартша сыртың?
Ұқпайсың өз сөзіңнен басқа сөзді,
Аузымен орақ орған өңкей қыртың.
Өзімдікі дей алмай өз малыңды,

Күндіз күлкің бұзылды, түнде – ұйқың.

Көрсеқызар келеді байлауы жоқ,

Бір күн тыртың етеді, бір күн – бұртың.

Бас-басына би болған өңкей қиқым,

Мінеки, бұзған жоқ па елдің сиқын?

Өздеріңді түзелер дей алмаймын,

Өз қолыңнан кеткен соң енді өз ырқың.

Ағайын жоқ нәрседен етер бұртың,

Оның да алған жоқ па құдай құлқын?

Бірлік жоқ, береке жоқ, шын пейіл жоқ,

Сапырылды байлығың, баққан жылқың.

Баста ми, қолда малға талас қылған,

Күш сынасқан күндестік бұзды-ау шырқын.

Оңалмай бойда жүрсе осы қыртың,

Әр жерде-ақ жазылмай ма, жаным, тырқың?

Қай жеріңнен көңілге қуат қылдық,

Қыр артылмас болған соң, мінсе қырқың?

Тиянақсыз, байлаусыз байғұс қылпың,

Не түсер құр күлкіден жыртың-жыртың.

Ұғындырар кісіге кез келгенде,

Пыш-пыш демей қала ма ол да астыртын?   _1886

그들은 종말로 치닫는 시대의 청년들
어디서나 싸움질만 하는구나.
그들은 서로 느끼는 악의의 법을
마음속에 깊이 간직했구나.

그들의 상품인 명예와 수치는 가망이 없어라
자신을 고칠 힘이 그들에게는 없으니.
노력도 수고도 없이 큰돈을
오직 말로서만 쟁취하려 함이여.

그들은 쓸데없는 일에만 빠지고
운명과 맞서 내기하지 못하네.
파탄과 불화를 불러일으키며
배가 너무 불러 격앙에 빠지네.

계속하여 그들은 말재간을 부리고
눈들은 교활하게 빛나네.
서슴없이 더러운 짓을 저지르네,
모두를 조롱하느라 애를 쓰면서

Заман ақыр жастары
Қосылмас ешбір бастары.
Біріне бірі қастыққа
Қойнына тыққан тастары.

Саудасы – ар мен иманы,
Қайрат жоқ бойын тиғалы.

Еңбекпен етті ауыртпай,
Құр тілmenен жиғалы.

Өнімсіз іске шеп-шебер,
Майданға түспей несі өнер.
Сиырша тойса мас болып,
Өреге келіп сүйкенер.

Күлмеңдеп келер көздері,
Қалжыңбас келер өздері.
Кекектеп, секек етем деп,
Шошқа туар сөздері.

_1891

....

나는 언젠가 무지한 자들을 홀시했네,
무식한 인간쓰레기들이라고 생각했네.
그렇게 자신에게 현혹되어
나는 시간을 고쳐보려고 하였네.

그러나 친구들을 찾아내지 못했네,
무지한 자들의 무리와 싸우느라고.
내 앞길을 가로 질러놓고 그 누구도
나의 꿈을 이해하지 못했네.

정신없고 악의로 가득 찬 고함을 지르며
모두들 내게로 달려들었네.

말을 타고 지나가며 내게 욕설을 퍼부었네,
이제는 그들을 되돌릴 수가 없네.

모든 것에 만족하여 백성들은 떠났네,
허망한 경마놀이에나 시간을 보내려고.
세월이 흘러 나도 다른 사람이 되었고
이제는 평온이 내게 더 소중해졌다네.

그렇구나, 나는 싸움에 지쳤고
이제 난 아내와 자식들에게 손님이구나.
지금 나에게는 말공부가 필요 없어라,
그 누구의 모략이나 의도도.

아, 내 백성이여! 그대는 사랑스럽지 않지만,
어찌 내가 그대를 사랑할 수 있겠는가?
내가 어찌 그대를 친근한 백성이라 부르겠는가?
그대 때문에 내가 이리도 수치스러운데.

집짐승 약탈도 그대를 유혹하네,
그리고 술을 마시는 모임도.
왜 이런 분주한 짓이 필요한가?
이것이 다 무엇이 되겠는가?

평온과 정적이 그대에게는
슬프고 심심할 것 같이 보이리라.
그러나 그대 마음은 가득히 차있구나,
미끄러운 전쟁의 싸움판으로.

아니라, 그렇게는 아니 되리라! 그대도
어서 깨어나라, 아직 혈기왕성할 때.
말 좀 해 달라, 말을 해도 소용없을 때
늙은이는 어찌 해야 하는지를?

Менсінбеуші ем наданды,
Ақылсыз деп қор тұтып.
Түзетпек едім заманды,
Өзімді тым-ақ зор тұтып.

Таппадым көмек өзіме,
Көп наданмен алысып.
Көнбеді ешкім сөзіме,
Әдетіне қарысып.

Жан шошырлық түрінде
Бәрі бірдей еліріп.
Ұстай алмадым бірін де,
Кекиді кейін шегініп.

Әринемен ел кетті,
Қоқиланды, мақтанды.
Қуат бітті, күн өтті,
Жарылқа, құдай, жатқанды.

Мен – қажыған арықпын,
Қатын, бала қонағы.

Сендерге де қаныкпын,
Жұртың анау баяғы.

Жарлы емеспін, зарлымын,
Оны да ойла толғанып.
Жұртым деуге арлымын,
Өзге жұрттан ұялып.

Барымта мен партия –
Бәрі мастық, жұрт құмар.
Сыпыра елірме, сұрқия,
Көп пияншік нені ұғар?

Татулықты, тыныштықты
Қоңыр көрер, кем көрер.
Ұрлық пенен қулықты
Қызық көрер, өңі енер.

Мұндай елден бойың тарт,
Мен қажыдым, сен қажы!
Айтып-айтып өтті қарт,
Көнбеді жұрт, не ылажы?

_1891

가비돌라에게

눈꽃은 이른 봄에 피려고 서두르지만
얼마나 살 것인지는 그도 잘 모르네.
그는 여름까지 자라나 더위에 취해
백양나무도 따라잡을 준비가 되어있어라.
가을이 왔고 땅이 얼었구나,
그는 꽃을 피우며 죽네, 나리새를 따라잡지 못하고.

나도 젊은이들의 꿈에 대해 누차 들었건만
그들의 열정에는 과연 기초가 있는가?
그걸 쌓는 동안에는 또 힘이 약해져
그대의 열기도 식고 얼굴도 주름살로 덮였구나.

Ғабидоллаға

Жазғытұрым қылтиған бір жауқазын,
Қайдан білсін өмірдің көбін-азын.
Бәйтеректі күндейді жетемін деп,
Жылы күнге мас болып, көрсе жазын.
Күз келген соң тамырын үсік шалып,
Бетегеге жете алмай болар жазым.

Мен-дағы көп есіттім жастың назын,
Қол жетпеске қол созар бар ма ылажың?
«Боламынмен» жүргенде болат қайтып,
Жалын сөніп, жас жүзін басады ажым.

_1897

오스빤에게

멸시를 몰랐던 기치를 들고
용감한 기세로 죽음의 공포를 거부하고
원수와 열심히 싸운,
헤매는 것과는 달리 지구력으로
결함 하나 없이 산,
줄어들지 않는 혈기와
심장의 불기를 간직한
진창에 빠지는 걸 모르는 충동,
정든 산천의 풀숲이
시드는 것을 저주하며 빛나네,
위대한 강물이
마르지 않으며 빛나네,
아직 죽음을 모르는 얼굴,
쫓기는 것을 모르는 자세,
더러운 것에 구걸할 줄 모르는 마음,
나의 동료여, 그대는 죽음의 당선자로다!…

Оспанға

Жайнаған туың жығылмай,
Жасқанып жаудан тығылмай,
Жасаулы жаудан бұрылмай,
Жау жүрек, жомарт құбылмай,
Жақсы өмірің бұзылмай,
Жас қуатың тозылмай,

Жалын жүрек суынбай,
Жан біткеннен түңілмей,
Жағалай жайлау дәулетің
Жасыл шөбі қуармай,
Жарқырап жатқан өзенің,
Жайдақ тартып суалмай,
Жайдары жүзің жабылмай,
Жайдақтап қашып сабылмай,
Жан біткенге жалынбай,
Жақсы өліпсің, япырмай!   _1892

....

내 심장은 마흔 개의 조각[*]이어라,
혐오스런 이 세상으로 인해 찢겨나간.
그 심장 무사히 남아주기만을 비네,
어떤 시련을 겪어나갈지라도.

심장이 사랑했던 사람들 중에
누구는 죽고 누구는 적의를 품고
누군 계략을 꾸미고 또 누구는 논쟁하고,
그 누구에게도 기댈 곳 없구나.

그렇게 황혼기는 벌써 다가왔는데
빠져나갈 길은 보이질 않아라.

___

[*] 마흔 개의 조각 : 40은 카자흐인들에게 상징적인 숫자다.

슬픔을 모르는 이는 다 방자하여
우리에게 아무런 쓸모도 없는데.

심장에 피 흐르는 불행한 이여
어서 내게로 돌아오라.
그리고 생각해보라,
평온을 모르고 괴로워하는 마음의 덕성을.

Жүрегім менің қырық жамау
Қиянатшыл дүниеден.
Қайтіп аман қалсын сау,
Қайтқаннан соң әрнеден.

Өлді кейі, кейі – жау,
Кімді сүйсе бұл жүрек.
Кімі – қастық, кімі – дау,
Сүйенерге жоқ тірек.

Кәрілік те тұр тақау,
Алдымызда айла жоқ.
Қайғысыздың бәрі – асау,
Бізге онан пайда жоқ.

Қан жүректі қайғылы-ау,
Қайырыла кет сен маған.
Қасиетін ойлан-ау,
Қам көңілдің тынбаған.

_1899

가여운 심장아, 뛰지 마라, 두근거리지 마라
부르지 마라, 내게 희망을 주지 마라
우리가 밤에 기만을 당했거늘
왜 이젠 우릴 속이는 낮을 향해 서두르느냐?

고아도 제 아비를 찾을 것이고
불운한 자에게도 안식처가 보이리라.
오, 내 심장아, 허나 오직 너만은 마지막까지
푸짐한 식탁으로 불러주지 않으리라.

누구에게도 믿음을 못주고 뉘게 매달리지도 못하고
만족치 못한 이 부름이 또다시 풀리는구나.
헌데 왜 다시 새 길을 떠나려 하는가?
이전 길이 그처럼 쓰라리고 냉혹했거늘.

예정된 것은 없어라. 심판도 거짓도 또다시
순서대로 시작되리라, 그것을 멀리할 수 없어라.
가련한 심장아, 도대체 어디로 날아가느냐?
심장아, 심장아, 너는 나를 어디로 부르느냐?

Жүрегім, ойбай, соқпа енді!
Бола берме тым күлкі.
Көрмейсің бе, тоқта енді,
Кімге сенсең, сол – шикі.

Жетім қозы – тас бауыр,
Түңілер де отығар.

Сорлы жүрек мұнша ауыр,
Неге қатты соқтығар?

Сенісерге жан таба алмай,
Сенделеді ет жүрек.
Тірілікте бір қана алмай,
Бұл не деген тентірек?

Жоқ деп едің керегің,
Топ жиып ең бір бөлек.
Кезек келер демедің,
Ендігі керек қай керек?

_1892

말을 탄 채, 또
말을 타지 않은 채

아무리 예리한 칼날도
가장 날카로운 바늘 끝도
그런 상처를 남기지 않으리라
너는 박식한 이에게는 꿀이고
무지한 자는 안중에도 없구나,
그에게는 이득도 해도 없다.
괜한 긴장을 거부하라,
듣기에 무관심하고 사색에 귀가 멀라.

Өткірдің жүзі,
Кестенің бізі
Өрнегін сендей сала алмас.
Білгенге маржан,
Білмеске арзан,
Надандар бәһра ала алмас.
Қиналма бекер, тіл мен жақ,
Көңілсіз құлақ – ойға олақ.   _1889

....

머리에 있는 것은 뇌가 아니다,
생각들도 분간 할 수 없다.
무지한 자에게는 오직 웃음 뿐
그는 군중 앞에서 머리를 숙이네.
법은 인간쓰레기들의 견해인데

그는 모든 이의 비유를 맞추려 하네.
만일 그대에게 힘과 지식이 없으면
입을 다물라, 암흑 속에서 헤매지 말고.

Басында ми жоқ,
Өзінде ой жоқ,
Күлкішіл кердең наданның.
Көп айтса көнді,
Жұрт айтса болды -
Әдеті надан адамның.
Бойда қайрат, ойда көз
Болмаған соң, айтпа сөз.   _1889

....

Г들은 뒷소리나 한마디씩 하고
몰래 돌을 던지면
모두가 다 환희에 넘쳐난다.
자랑나팔을 불며
무덤에서도 평온을 모른다,
계속 징징거리는 비방 때문에.
무엇에도 한도가 없고 수치도 모른다.
나는 거기에 절대로 끌리지 않는다.

Тасыса өсек,
Ысқыртса кесек –

Құмардан әбден шыққаны.
Күпілдек мақтан,
Табытын қаққан –
Аңдығаны, баққаны.
Ынсап, ұят, терең ой
Ойлаған жан жоқ, жауып қой.   _1889

....

"말재주꾼! 말공부쟁이!
모든 계략의 명수!"
그대는 언제나 이렇게 불리고 싶었지,
백성들이 공포에 잠겨
온 한해를 떨며 지내도록.
그대 앞에서 다르게 행동하면 불행이구나!
마음에 안 드는 이들은 먼지로 날리고
무조건 충성한 자들의 열정만 평가하는 것을.

Сөзуар білгіш,
Закүншік, көргіш,
Атанбақ – мақсұт, мақтанбақ.
Жасқанып, қорқып,
Жорғалап, жортып,
Именсе елің, баптанбақ.
Қарғағанын жер қылмақ,
Алқағанын зор қылмақ.   _1889

그대는 노여움을 품지 마라
사람들 속에서 그들의 편이 되라
이제는 그대의 길을 찾을 때가 되었다.
어리석은 장난기의 웃음과
허망한 어릿광대의 길이
그대에게 좋을 것 같은가?
만일 노동에서 게으름을 이기면
배부르고, 어디서도 우는 소리를 않으리라

Болма сен кекшіл,
Болсайшы көпшіл,
Жан аямай кәсіп қыл.
Орынсыз ыржаң,
Болымсыз қылжаң
Бола ма дәулет, нәсіп бұл?
Еңбек қылсаң ерінбей,
Тояды қарның тіленбей.   _1889

....

누군가 그대의 집짐승을 훔친다,
그대는 여러 해를 싸우고 있다.
악의를 계속 지피지 말고 화해하라.
사기와 강탈,
재판, 폭력, 거짓은

필요 없다, 죽어도 씻을 수 없다.
만일 그대에게 양심과 명예가 있다면
그들에게 이 말을 읽어주어야 하리라.

Mалыңды жауға,
Басыңды дауға
Қор қылма, қорға, татулас.
Өтірік, ұрлық,
Үкімет зорлық
Құрысын, көзің ашылмас.
Ұятың, арың оянсын,
Бұл сөзімді ойлансын.   _1889

....

배우면서 알아내라,
어떻게 수확을 높일 수 있는지를,
장사의 깊은 법이 무엇인지를.
깨끗한 열성으로
모든 것을 노동으로 획득하라,
바로 그럴 때 즐거움의 이유가 있다.
카자흐인이 카자흐인과 친하지 않으니
그들의 일에 행운이 없으리라

Eгіннің ебін,
Сауданың тегін

Үйреніп, ойлап, мал ізде.
Адал бол – бай тап,
Адам бол – мал тап,
Қуансаң қуан сол кезде.
Біріңді, қазақ, бірің дос
Көрмесең, істің бәрі бос.   *1889*

....

지식 안에 있는 꿈의 목소리
그대도 이제는 자유로워져라,
떠나라고 부르는 꿈을 위하여.
무지한 자들은 소경과 같아서
그들에게 필요한 건 오직 빵조각뿐,
배부르게 먹고 바로 잠자려고.
일은 거기서도 저기서도 할 수 없다,
헌데 내 운명도 달지가 않구나.

Білгенге жол бос,
Болсайшы қол бос,
Талаптың дәмін татуға.
Білмеген соқыр,
Қайғысыз отыр,
Тамағы тойса жатуға.
Не ол емес, бұл емес,
Менің де күнім – күн емес.   *_1889*

만일 그대가 집짐승처럼 배부르다면
그리고 걱정거리 하나 없다면
그대는 방탕한 생활을 하고 있는 것이다.
허무한 말다툼에서 점점 더 악해지고
친구들에게 달려들면서
그대는 자신을 실패로 이끌고 있다.
곧 믿고의 산이 무너질 것이다,
나의 벗이여, 정신 차릴 때가 왔다!

Tамағы тоқтық,
Жұмысы жоқтық
Аздырар адам баласын.
Таласып босқа,
Жау болып досқа,
Қор болып, құрып барасың.
Өтірік шағым толды ғой,
Өкінер уақытың болды ғой   _1889

....

피가 끓어 솟구쳐 오른다,
그러나 또다시 불쌍히 여긴다,
그들의 성격이나 본질을 보고서는.
"더 강하게 일어나라!
더 신중하게 시작하라!"

정신 차리도록 흔들어주려고 훈계한다,
그러나 양심도 명예도 생각도 없이
그들은 금방 잠들어버린다.

Қайнайды қаның,
Ашиды жаның,
Мінездерін көргенде.
Жігерлен, сілкін,
Қайраттан, беркін,
Деп насихат бергенде,
Ұятсыз, арсыз салтынан,
Қалғып кетер артынан.

_1889

....

육체는 고통을 모르고
중병이 마음을 괴롭힌다,
아픔 때문에 세상이 내게 친근하지 않다.
노여움이 나를 찌르고
날이 갈수록 힘이 든다,
힘없이 눈물만 흐른다.
무사태평과 배부름을 좋아하며
나는 끝내 생을 헛되이 보냈구나.

Ауырмай тәнім,
Ауырды жаным,

Қаңғыртты, қысты басымды.
Тарылды көкірек,
Қысылды жүрек,
Ағызды сығып жасымды.
Сүйеніп күлкі тоқтыққа,
Тартыпты өнер жоқтыққа.   _1889_

....

이제는 예전과 달리 힘이 약해져
꿈을 이루지 못하리라.
꿈으로 가는 길은 길고 인생은 짧아라.
내 번영은 다 불타버렸고
예전 같은 아름다움도 없어라.
노인의 비애보다 더 어리석은 것이 있더냐?
길에 들어서면 집으로 돌아가지 못하는데
유감스럽게도 식량을 조금밖에 가져오지 않았구나.

Қайратым мәлім,
Келмейді әлім,
Мақсұт – алыс, өмір – шақ.
Өткен соң базар,
Қайтқан соң ажар,
Не болады құр қожақ?!
Кеш деп қайтар жол емес,
Жол азығым мол емес.   _1889_

누가 그대들에게 말했는가, "놀아라!
말떼를 도둑질 하라! 더러운 짓을 하라!
빈둥거리는 것이 그대의 노동이다!"라고.
날쌔고 재빠른 것들
비열한 일을 잘 아는 이들이
어찌 그대를 옳은 길로 이끌어 주겠는가?
몇 해 동안 견고해진 성격은
습관이 되어 오직 해만을 가져오리라.

Жұмыссыз сандал,
Еріксіз малды ал
Деген кім бар сендерге?
Құлықты көргіш,
Сұмдықты білгіш
Табылар кісі жөн дерге.
Үш-төрт жылғы әдетің
Өзіңе болар жендетің.   _1889

....

무지한 자들은 많고 많아라,
못된 자들을 진정시키지 못 하겠구나.
그들은 예전처럼 번성하여
강했던 그들의 나날들은
사람에게서 찬양받고
말다툼으로 다 지나갔구나, 그대 잘못은 없지.

얼뜨기야, 되지 않는 것에 노력했구나!
이제는 유골에서 다시 소생하지 못하는구나!

Бір кісі мыңға,
Жөн кісі сұмға,
Әлі жетер заман жоқ.
Қадірлі басым,
Қайратты жасым
Айғаймен өтті, амал жоқ.
Болмасқа болып қара тер,
Қорлықпен өткен қу өмір.   _1889

....

Грае, 백성들이 무슨 소용이 있는가,
그들더러 공포에 살라 하라, 그대는
무엇이 그댈 기다리는지 생각해 보았는가?
기억하라, 이 무서운 싸움에서
백성들은 그대를 지켜보고 있다.
그대여, 그들을 잘 관찰해보라!
만일 아내가 남편 몰래 바람을 피운다면
어찌 남편이 미행을 두려워하겠는가?

Хош, қорықты елің,
Қорқытқан сенің

Өнерің қайсы, айтып бер.
Ел аңдып сені,
Сен аңдып оны,
Қылт еткізбей бағып көр.
Ойнасшы қатын болса қар,
Аңдыған ерде қала ма ар?   _1889

....

친구 없이는 외로워라
장차 여생을 어찌 살아갈 것인가?
그대 머리가 빙글빙글 돌리라!
그대의 모든 비밀을 알고 있던
따뜻한 동갑내기 친구는
배를 조금 채우면 돌아서리니
그는 속으로 그대를 증오하리라
그는 그대 집에 기어든 뱀이니라.

Көмексіз көзің,
Бір жалғыз өзің
Баға алмай, басың сандалар.
Бауырыңа тартқан,
Сырыңды айтқан
Сырласың сырт айналар.
Ол қаны бұзық ұры-қар,
Қапысын тауып сені алар.   _1889

먼 지투성이, 피투성이가 되어
그는 사랑을 맹세하네,
울면서 사랑을 맹세하네,
부딪치고 걸리적거리며 뛰어가네,
그 모습 참으로 비참하구나.
헌데 그대는 그를 찬양하지 않았던가!
정든 이여, 그래서 무엇을 얻었는가?
만일 그대가 위대하다면 부끄러운 일 아닌가?

Басы-көзі қан боп,
Арқа-басы шаң боп,
Және тұрып жалпылдап;
Жығылып тұрып,
Буыны құрып,
Тағы қуып салпылдап –
Абұйыр қайда, ар қайда?
Өз басыңа не пайда?

_1889

....

말을 탄 채, 또 말을 타지 않은 채
모든 사람들이 나를 짓밟네,
이런 싸움에서 어찌 그들이 시를 들으리?
내 심장 더 이상 견디지 못하건만
그 무엇도 나를 도와주지 못하네,

마음이 아파 눈물이 끓어오르네.
만일 고통이 오고, 비애가 타오르면
내 어찌 밤새껏 울지 않으리?

Жаяуы қапты,
Аттысы шапты,
Қайрылып сөзді кім ұқсын.
Іште дерт қалың,
Ауыздан жалын
Бұрқ етіп, көзден жас шықсын.
Күйдірген соң шыдатпай,
Қоя ма екен жылатпай?

_1889

....

간청할 때는 멀고
선물할 때는 깊고 그윽하여라.
아픔과 고통을 없애주고
약점을 제 때에 알아내며
옳은 말 한마디로
무지한 자를 되돌리는
백 개의 목소리에 목청 좋은 나의 혀
말하라, 네가 그렇게 익숙한데.

Алыстан сермеп,
Жүректен тербеп,

Шымырлап бойға жайылған;
Қиуадан шауып,
Қисынын тауып,
Тағыны жетіп қайырған –
Толғауы тоқсан қызыл тіл,
Сөйлеймін десең өзің біл.

1889

....

개와 아이가 우네. 아이는
몽둥이를 들고 외치네, "저리 꺼져라!"
개에게 화풀이를 하고 싶어 하네.
어른들은 소리치네, "거기 서라!
저것 봐, 영웅이 나타났군!
수치스럽지도 않은가! 뒤로 물러나라!"
그러니 그대도 죄가 있으면
명예 앞에서 사죄할 줄 알아라.

Ит үрсе, бала
Таяғын ала,
Қуады итпен кектесіп.
Ұрысқансып «ой» деп,
«Ұят» деп, «қой» деп,
Үлкендер тыяр «тек» десіп.
Оны білсең, мұның не?
Мен де ұят іс қылдым де.

_1889

지식을 온 마음으로 존경하며
큰 세상으로 떠나보려고
나는 지구의 두 끝을 자세히 살펴보았다.
듣지도 이해하지도 못하도록
귀도 없이 눈도 없이
나는 무지에서 떠났다.
의지에게는 이보다 힘든 과제가 없구나,
두 배 사이에서 넘어지지 않는 것이.

Ғылымды іздеп,
Дүниені көздеп,
Екі жаққа үңілдім.
Құлағын салмас,
Тіліңді алмас
Көп наданнан түңілдім.
Екі кеме құйрығын
Ұста, жетсін бұйрығың.   _1889

....

조용하고 은밀한 모임 없이,
비밀스런 귓속말 없이는
다른 미끼에 걸려들지 않는다.
허망한 생각은 생각뿐
그들은 사색을 할 수 없구나,
아들이 아버지조차 이해하지 못하고.

그는 아둔하구나, 태평하고 어리석은 자
그의 사색들에는 명예가 없으리라.

Aулаққа шықпай,
Сыбырлап бұқпай,
Мейірленбес еш сөзге.
Пайдасыз тақыл –
Байлаусыз ақыл,
Атадан бала ойы өзге.
Санасыз, ойсыз, жарым ес,
Өз ойында ар емес.   _1889

....

나는 벼랑으로 올라갔노라,
벼랑꼭대기에서 소리를 질렀노라,
오래도록 메아리가 울렸노라.
그 소리를 연구하며
나는 과학의 길을 걸었노라,
나는 내가 많은 것을 알았다고 생각했건만
벼랑은 그것 때문에 벼랑이었구나,
내 외침소리 작아져 더 이상 들리지 않았으니.

Жартасқа бардым,
Күнде айғай салдым,

Онан да шықты жаңғырық.
Естісем үнін,
Білсем деп жөнін,
Көп іздедім қаңғырып.
Баяғы жартас – бір жартас,
Қаңқ етер, түкті байқамас.   _1889

....

어느 측면에 놓여 있어도
깃의 털은 판자나 같아라,
평온을 모르고 잠들지도 못 하는구나.
주위에는 무성한 귓속말들
비웃음과 웃음소리들!
백성들은 사색에 잠겨있지 않은 것 같다.
그들은 존재를 생활양식과 바꾸었구나,
거기에는 값싼 간계가 깃들여 있는데.

Мамықтан төсек,
Тастай боп кесек,
Жамбасқа батар, ұйқы жоқ.
Сыбыр боп сөзі,
Мәз болып өзі,
Ойланар елдің сыйқы жоқ.
Баяғы қулық, бір алдау,
Қысылған жерде – жан жалдау.   _1889

아버지로부터 여섯 명
어머니로부터 사랑받으면서 네 명,
우리형제자매가 태어났고 난 모두에게서 존경받는다.
허나 나는 부끄럽게도 알게 되었다,
내가 친척들에게 둘러싸여 있음을.
"나는 백성에게서 버림 받았다!"
인적 드문 곳에 묻힌 무당의 무덤처럼
나는 고독하다, 내 곁에는 아무도 없다!

Атадан алтау,
Анадан төртеу,
Жалғыздық көрер жерім жоқ.
Ағайын бек көп,
Айтамын ептеп,
Сөзімді ұғар елім жоқ.
Моласындай бақсының
Жалғыз қалдым – тап шыным!   _1889

길가에 외로이 선
나리새

라힘샬에게

갈기는 말을 장식해주고
불길은 불의 기쁨이어라.
모두가 창조자에게 간청하네,
아이를 내게 달라고.

그래서 그대는 아이를 얻었지.
그래, 아이 라힘샬 꼴이 좋구나.
창조자에게 부탁하려무나,
그 못된 아이를 데려가 달라고.

Рахымшалға

Сұлу аттың көркі – жал,
Адамзаттың көркі – мал.
Өмір сүрген кісіге
Дәулет – қызық, бала – бал.

Бал болатын бала бар,
Бал болар ма Рахымшал?!
Бүйтіп берген балаңды,
Берген құдай, өзің ал!

_1896

아내와 마싹바이

남편의 언치를 펠트 천처럼
제 몸 밑에 깔고
집짐승우리에서 추태를 부리는구나,
모든 재를 뿌리면서.
쓰레기, 지독한 냄새,
연기와 불
모든 것이 한데 뒤섞였어라.

뭘 가져다줘도 전혀 무관심하구나,
마치 당연히 그래야 되는 것처럼.
그래 그런 아내를
보는 눈길이 기쁘지는 않겠지.
그렇게 빛을 잃고
그렇게 갑갑해져
그녀는 그렇게 될 수밖에 없었으리.

그런데 남편 또한 웃음거리가 아닌가,
그 누구와도 닮지 않았으니.
헌데 그는 자기더러 나으리라 한다지,
자기 명령을 당장 들어야 한다며.
아내가 오면
그는 막 소리를 지르더군,
에이, 니미럴!...

이 등신은 그 어리석은
추억을 좋아한다지.

그는 날마다 제 아내를
채찍과 주먹으로 때리더군.
마구 소리를 지르고
또 때리고
그런 뒤 휴식하러 가더구먼.

Қатыны мен Масақбай

Сырмақ қып астына
Байының тоқымын,
Отының басына
Төрінің қоқымын.
Бүксітіп,
Бықсытып,
Қоқсытып келтірді.

Осының бәрімен
Көңлінде міні жоқ,
Жүзінің нәрі мен
Бойының сыны жоқ.
Бүкшиіп,
Сексиіп,
Түксиіп өлтірді.

Күлкі боп көргенге,
Құрбыға қадірсіз.
Ас қылып бергенге
Шыдамас сабырсыз.

Келді, ойбай,
Салды айғай,
Түк қоймай боқтады.

Сөзінің жөні жоқ,
Ақылсыз томырық,
Қатынның күні жоқ –
Қамшы мен жұдырық.
Барқылдап,
Тарқылдап,
Салпылдап тоқтады.   _1896

....

셰리쁘에게

똘릭바이의 아내여 그대 이름은 셰리쁘*로구나,
불쌍한 지고, 그대 정녕 남자 복 없음이여.
그대는 탁 트인 길가에 외로이 선 나리새,
아무런 개나 다가가 살짝 실례를 하고 가는…

Шәріпке

Түңлікбайдың қатыны атың Шәріп,
Байға жарып көрмеген сен бір кәріп.
Сен шыққан жол үстінде жалғыз түп ши,
Көрінген ит кетеді бір-бір сарып.

---

* 셰리쁘(Шәріп) : 이 이름은 아랍어로서 명예, 절개(정조)란 뜻을 갖고 있다.

꾸이쓰바이에게

큰 인사를 전합니다, 꾸이쓰바이여,
헌데 준다고 약속한 수말은 어디 있나요?
왜 날 보면 약속하고 내가 떠나면 말이 없나요,
거짓말쟁이 명성이 유혹하나요, 나의 빛이여?

Күйісбайға

Дұғай сәлем жазамын Күйісбайға,
Бермек болған айғырдың көзі қайда?
Көзді көрсең – бересің, тайсаң – танып,
Алдамшы атанғанның несі пайда?   _1896

이스깐데르 독수리는
하늘보다 더 높이

마스구드

알라의 친구 마흐무드여! 나 그대를 위해
이야기를 시작하리니 내 입은 거짓말을 하지 않으리라
먼 예날 가룬 - 알 - 라쉬드가 칼리프자리에 있었을 때
마스구드라는 훌륭한 젊은이가 바그다드에 살았다
그는 먼 길을 떠났다가 돌아오는 중에
인적이 드문 길로 집에 돌아오는 중에
갑자기 도움을 청하는 누군가의 목소리를 들었다.
그것은 힘없이 애원하는 목청이 찢어지는 소리였다.

그곳으로 달려가 보니 한 도둑이 노인에게서 물건을 빼앗고
긴 칼을 들어 백발의 머리를 내려치려하고 있었다.
"당신이 누구든 저는 당신을 살리겠습니다"라고 말하며
마스구드는 말의 옆구리를 발로 박차 말을 몰았다
헌데 도둑의 동작은 날쌔고 마스구드의 칼은 잘 들지 않아
하마터면 구원자 마스구드가 희생될 뻔했다.
도둑은 마스구드에게 상처를 입혔으나 노인은 무사했고
마스구드는 반격을 가해 악한을 몰아냈다.
노인이 바라보니 마스구드의 관자놀이에 피가 흐르고 상처는 깊었다.
노인은 이렇게 생각했다. "선을 선으로 갚겠노라
이 젊은이는 악을 미워하는 용감한 청년이로다."
"이보게 젊은이, 그대에게 정말 큰 신세를 졌네
무슨 일이 있어도 이에 보답하는 일을 피하지 않겠네
그대는 가장 소중한 목숨을 살렸으니 내가 할 수 있는 대로 갚겠네
나는 대단한 부자도 높은 벼슬아치도 아니고

왕도 장수도 아닌 그저 평범한 사람이라네
그대는 쓰디쓴 죽음에서 나를 막아냈으니
그대를 향한 고마움은 나와 함께 사라지지 않으리
나는 이 세상의 나그네, 내일은 봉변을 당한 이곳을 떠나리라
그러나 그대는 어디로 가든 이른 새벽에 나를 기다리라
이른 새벽에 나는 거기서 그대를 찾으리니
어서 가게, 나의 친구여! 그리고 내 말을 명심하게나
하느님을 위해 다가오는 새날을 맞이하라
전능하신 알라께서 항상 그대 곁을 지키시기를!
나의 구원자인 그대를 안아주리라! 잘 가게나"
"제가 해드린 것은 별로 없습니다, 어르신이여
저의 팔은 명예를 지키기 위해 봉사했을 뿐
당신께 도움이 필요해서 도와드렸을 뿐이지요
당신이 정한 곳으로 가겠습니다!" 젊은이는 노인 곁을 떠났다

용감한 젊은이가 정한 장소에 제 시간에 도착해보니
노인은 이미 거기에 와있었고 그를 반갑게 맞이했다
노인은 마스구드를 아주 오래된 무덤으로 데리고 갔다
무덤 옆에는 나무가 우거져 잎이 소곤거리는 소리가 들렸다
나무는 한 그루만 자라고 있었을 뿐 주변은 온통 사막이었는데
그 나무에는 잘 익은 열매 세 개가 달려있었다:
하얀 열매, 붉은 열매, 노란 열매 — 눈, 피, 꿀이었다.
"그대의 마음이 바라는 대로 선택하라
하얀 열매를 먹으면 누구보다 영리해질 것이다
노란 열매를 먹으면 부자 중의 부자가 될 것이다
붉은 열매를 먹으면 모든 여자들의 사랑을 받을 것이다

모든 여자들이 너의 사랑을 갈구할 것이다."
젊은이는 잠시 생각한 뒤에 이렇게 말했다
"하얀 열매도 노란 열매도 필요 없습니다!
제게 루비같이 붉은 열매를 먹게 해 주십시오"
"이 열매든 저 열매든 그대가 원하는 대로 먹으라
다만 나중에 후회하지 않기를 바라노니
젊은이여 대답하라, 왜 붉은 열매를 선택했는지를?"
"처음에는 하얀 열매를 달라고 요청하려 했습니다.
누구보다 영리해지고 어떤 현자보다 현명해지려고 그랬는데
그런들 제가 지능의 왕이 될 수 있겠습니까?
아니지요, 그럴 경우 지능이 제멋대로 저를 다스릴 것입니다.
저와 경쟁할 수 있는 맞수를 찾지 못할 것이고
미련한 자는 제가 상대할 의미를 찾지 못할 것입니다.
안 그래도 무지한 자 주위에 많은데 누굴 친구로 부르겠습니까?
바보를 영리한 사람으로는 절대로 만들 수 없습니다
바보를 고친다고요? 이는 아무리 노력해도 소용없는 일,
불면증에 걸리고 우울증에 빠지게만 만들 것입니다
식욕을 잃어 밥은 목에 넘어가지 않을 것입니다.
다음으로 노란 열매를 먹고 싶었습니다
세상 모든 부를 거머쥘 수 있으니까요.
헌데 이렇게 생각했지요, 내가 세상에 부자로 소문난다면 ─
이것이 도대체 무슨 큰 명예라도 된단 말입니까?
부유함은 저를 우뚝 서게 할 것입니다:
사람들은 힘과 아름다움을 사고팝니다
남의 재산을 빼앗기 위해 그리 하는 것이지요
이렇게 욕심 많은 이에게는 고삐를 채우지 못합니다.

노력 없이 부요함을 구하는 것은 부끄러운 일이요
양심과 마음을 사고파는 것도 부끄러운 일입니다.
부자들이여, 사심 없는 우정은 아예 포기하기를!
친구를 돈으로 바꾸는 것은 정녕 부끄러운 일인데
많은 이들의 양심을 돈으로 살 수 있어
그들은 돈을 위해서라면 기꺼이 개로 변하고
제가 돈을 지불하지 못하면 제가 개가 됩니다:
모든 사람이 개가 되지 않으면 저 자신이 개가 됩니다.
그러니 여자의 사랑을 얻는 열매를 고르는 편이 낫지 않겠습니까?
세상의 절반이 여자요 여자의 힘은 막강하기 때문입니다
여자의 사랑은 어떤 재산보다 귀중합니다
원수가 눈앞에 있어도 저는 걱정하지 않습니다:
그에게도 어머니가 있고 딸이 있고 누이가 있고 아내가 있지요
그의 아내에게도 어머니가 있지요 —
그 여자들 중에 누군가는 반드시 그를 지지해줄 것입니다
그들 중 단 한 사람이라도.
사람은 누구나 말다툼 없이 살 수 없어
다툼이 일어나면 아내와 먼저 의논합니다.
남편들이여, 화가 나거든 아내에게 의지하시게:
아내가 화를 풀어주고 약을 찾아줄 것이니.
사람에게는 어깨 위에 머리가 있는데 그 이유인즉
일을 순리대로 현명하게 처리하라고 그리 만들어진 것
저는 바로 이렇게 판단하고 결정했습니다.
제 생각을 가늠해보고 제 말을 헤아려보았습니다”
노인은 현명한 마스구드의 말을 유심히 듣고 이렇게 말했다
“잘 선택했구나. 설명도 잘 했구나!

그대는 영리하니 부요함도 그대를 찾아오리라
행복하라, 그대는 그대의 행복을 스스로 따냈도다!"
그 신비스러운 노인은 행복을 가진 예언자였다.
노인은 작별을 고하면서 젊은이를 축복해주었다.
마스구드는 집으로 돌아왔고
'샴쉬-즈간'이라는 이름을 얻었다.
그 말은 '빛을 발하는 세상'이라는 뜻이었다.

교훈을 주고자 이 이야기를 하노라
후손들도 이와 같은 이야기를 알아야 되느니.
허나 세상은 언제나 바보와 무지한 자들로 가득 찼으니
그들은 지성과 아름다움을 부러뜨리고
이처럼 훌륭한 삶도 다 망쳐놓는다
그런 이들에게서 무슨 선한 것을 기대할 수 있겠는가?
명에, 양심, 지성을 기대하는 것은 부질없는 짓
그것들이 없다면 영광스러운 무덤의 그늘, 내가 태어난 땅!
나는 스스로 그 땅속으로 들어가고 싶구나.

때가 되자 마스구드는 대신이 되었고
그는 그 현명함으로 백성들에게서 존경을 받았다.
어느 날 밤 대신의 꿈속에 그 예언자 노인이 찾아와 이렇게 말했다:
"어느 날 많은 비가 내릴 것이다, 조심하라
구름 속에서 해로운 물이 떨어지리니
그 물을 마시는 자는 바보가 되리라
허나 이레 뒤에는 전과 같이 회복되리라
우물, 강, 모든 산에서 내려오는 냇물도 더러워지리라

그대는 깨끗한 물을 예비해두라
그것은 그대의 남은 나날들을 지켜줄 것이니"
마스구드는 이른 새벽, 잠에서 깨어 일어나
장차 다가올 재앙의 소식을 왕에게 전했다
그는 왕과 함께 그 꿈에 대해 다시 의논하고
다가올 날에 대비해 정한 물을 충분히 받아놓았다
그리고 마침내 그날이 다가와
하늘에서 큰비가 쏟아져 내렸다
아무 것도 몰랐던 다른 이들은 다 바보가 되어
길거리에서 밤낮으로 떼를 지어 다투고 싸우며 소리쳤다
모든 시장은 술에 취한 자들로 가득 찬 듯이 보였다.
똑똑한 자들도 모두 바보로 변했다.
대신과 왕은 놀라운 눈으로 그들을 바라보았다
불행에 처한 자들을 몹시 안타깝게 여기면서.
왕과 대신은 백성에게 재앙이 끝날 때까지 집에 머물라고 설득했다:
"이 무시무시한 무지의 시기를 잠으로 보내라
그러면 잠속에서 약을 찾을 수 있으리라"
허나 지능의 고삐가 풀린 자들은 미친 듯이 외치며 생떼를 부렸다:
"대신도 미쳤고 왕도 미쳤구나.
그들이 우리 모두를 불행으로 인도하기 전에 죽여 버리자!"
백성들의 광포한 외침이 궁궐 안을 뒤흔들었다
초조함에 왕의 심장도 조여들어갔다
어찌 이 미친 살인자들을 억누를 수 있을까?
"대신이여, 방법을 찾아오라!" 왕이 지시했다
"이 무지한 자들이 우리가 현명하다는 이유로 죽이려 하니
이 재앙에서 살아남으려면 우리도 바보가 되는 편이 낫지 않겠느냐?

백성들이 그 해로운 물을 마시고 얼이 빠졌으니
우리도 그 물을 마셔야 하리라"
그리고는 빗물을 한 잔씩 따라
백성 무리와 함께 나누어 마셨다
이렇게 하여 그들도 바보가 된 뒤에
모든 이들이 왕과 대신이 현명하다고 칭송했다
죽이겠다고 협박한 자들은 용서를 해달라고 빌고
왕도 대신도 그들을 용서해주었다
그렇게 바보의 무리는 현명한 두 사람의 머리에서 얼을 빼냈다.
이것은 미련함이 전능한 힘을 지녔다는 하나의 실례다
그대의 지성으로 하여금 남의 길을 가게하지 마라
아무 생각 없이 미친 무리를 따라가서 얻을 것은 전혀 없으니.

МАСҒҰТ

Я, Алла, құрметіңде достың Махмұт,
Тілге жар бер, берілсін тура мақсұт!
Арун-Рашид халифа заманында
Бағдатта бір жігіт бар аты – Масғұт.
Шаһардан бір күн Масғұт шықты тысқа,
Барды ма кезі келіп бір жұмысқа?
Бір ұры бас сап тонап жатқан жерде
Кез болды бір бишара шал байғұсқа.
Шал байғұс айғайлады аттан салып,
Айырып алған жан жоқ оны барып.
Кім де болса бір ерлік қылайын деп,

Масғұт ұшты ұрыға оңдайланып.
Масғұтты ұры шапты қылышпенен,
Тәуір-ақ жан сақтапты жұмыспенен.
Есен-аман шал-дағы құтылыпты,
Масғұттан жау қашқан соң ұрыспенен.
Масғұтқа келді әлгі шал көзін тіктеп,
Көрсе, бастан ағып тұр қан дірдектеп.
Мұның қарызын мен де өтеп кетейінші,
Жігіт қой ер көкірек, жау жүрек деп:
– Ей, жігіт, не қылсаң да, ер екенсің,
Көргейсің ерлігіңнің берекесін.
Себеп боп мені ажалдан сен айырдың,
Маған қылған қарызыңды алла өтесін!
Бай емен, батыр емен, хан емеспін,
Атақты артық туған жан емеспін.
Себеп болып айырдың мені ажалдан,
Жақсылықты білмейтін шал емеспін.
Мен — бір шал дүниеде жиһан кезген,
Ертең түсте кетемін шаһарыңыздан.
Ертерек пәлен жерден тосып тұрып,
Алып қал бір базарлық, жаным, бізден.
Пұл үшін қызықпассың, сен де — бір ер,
Сені маған кез қылған пәруардигер.
Бір құданың хақы үшін мен тілеймін,
Қабыл көр, сертім үшін қолыңды бер!
– Ұрыға жібермедім мен намысты,
Кім бұлдар мұндай-мұндай қылған істі.
Алла хақы деген соң амал да жоқ,

Барайын деп уәде етіп қол қағысты.
Ол жерге ерте тұрып жігіт барды,
Шал да душар алдынан бола қалды.
Қолынан ұстап алып, ертіп барып,
Далада бір бұзылған тамға апарды.
Барса тамға бір гүл тұр солқылдаған,
Басында үш жеміс бар былқылдаған:
Бірі — ақ, бірі — қызыл, бірі — сары,
— Таңдап ал мен берейін бірін саған.
Ағын жесең, ақылың жаннан асар,
Сарыны алсаң, дәулетің судай тасар,
Егер де қызыл жеміс алып жесең,
Ұрғашыда жан болмас сенен қашар.
Ол жігіт шал сөзіне құлақ салды,
Көзін төмен жіберіп, аз ойланды.
Ақ пен сары екеуін алмаймын деп.
Қызыл жеміс жеймін деп қолқа салды.
– Мен беремін, танбаймын айта тұра,
Өкінбесең түбінде жүре-бара,
Ақ пен сары екеуін алмағаның
Мәнісін айтсаң екен, жаным, сірә.
– Мен болсам, егер, ағын жемек те едім,
Ақылды болдым елден бөлек дедім.
Мен ақылды билемен не қылсам да,
Ақыл мені билесе керек дедім.
Ақылды жан табылмас маған сырлас,
Көріне тентек көп надан мойын бұрмас.
Әділетсіз, ақылсыз, арсыздарды

Көре тұра, көңілде тыныштық тұрмас.
Адам дертті болмай ма құса тартып,
Тұщы ұйқы ұйықтай алмай түнде жатып.
Ептеп бағып, есерге ем таба алмай,
Тәтті тамақ жей алман дәмін татып.
Сарыны жеп, мен болсам байдың өзі,
Аузында тамам жанның болдым сөзі.
Пәленшеден бір нәрсе алсақ-ау деп,
Тігілер жан біткеннің маған көзі.
Жұрт күндер жұрттан артық байлық үшін,
Бұлдайды біреу күшін, біреу түсін.
Не қылса да, надандар алмақты ойлар,
Мал антұрған күйдіріп елдің ішін.
Еңбексіз мал дәметпек — қайыршылық,
Ақылды елге, ар болар ондай қылық.
Оны ойларлық бұл күнде адам бар ма?
Пайда ойламай қылады кім татулық?
Берсең қалар оларда несі ардың?
Бермесең, сен-дағы ит бірге болдың,
Не өзің ит, немесе бар елің ит,
Дауасыз бір пәлеге міне қалдың.
Қызылды жесем, мені әйел сүйер,
Арамдыққа жүрмесем, не жан күйер?
Ұрғашы да көп жан ғой, досым болса,
Деп едім бір пайдасы маған тиер.
Еркектің еркек адам болса қасы,
Қатын, шеше, қызы жоқ кімнің басы?
Хан қаһар, қара кісі қастық қылса,

Сонда ұрғашы болмай ма арашашы?
Тегінде адам басы сау бола ма?
Бойында тексерілмес дау бола ма?
Ері ашу айтса әйелі басу айтып
Отырса, бұрынғыдай жау бола ма?
Соны ойлап, қызыл жеміс мен таңдадым,
Берсеңіз жемек болып бел байладым.
Топа-торсақ бұл сөзді айтқаным жоқ,
Басында-ақ ойлап тегін абайладым.
Бұл сөзге салып тұрды шал құлағын.
– Ендеше тауып айттың, же, шырағым.
Ақыл, дәулет әуелден өзіңде екен,
Өміріңмен артылсын, жаным бағың!
Бұл шал бөтен шал емес, Қыдыр еді,
Ебін тауып даруға кезі келді.
Сөзіне, ақылына, қылығына
Разы болғаннан соң, бата берді.
Сол Масғұт Қыдыр шалдан бата алыпты,
Соңында Шәмсі-жиһан атаныпты.
Мағнасы: «бұл дүниенің күні» деген,
Жетіліп бізге ғибрат көз қалыпты.
Сол заманда-ақ надандар шырыш бұзған,
Жалғанның дәмін бұзып қауіп қылғызған.
Ақыл мен мал екеуін асырай алмай,
Арашашы іздепті қатын, қыздан.
Ендігіге не сұрау бұл жалғанда?
Ақыл-ой, ар-намыс жоқ еш адамда.
Өлген мола, туған жер жібермейді,

Әйтпесе тұрмас едім осы маңда.
Сол Масғұт халифаға уәзір бопты,
Тарқатыпты алдынан көп пен топты.
Бағанағы Қыдыр шал бір уақытта
Түсінде аян беріп жолығыпты.
– Ей, балам, пәлен күні жауын жауар,
Сол жауынның суында кесапат бар:
Жеті күн жынды болар суын ішкен,
Жеті күн өткеннен соң және оңалар.
Ол судан тамам суға су құйылар,
Сел болып, судың бәрі кесел болар.
Ертерек таза судан су жиып ал,
Бұл – хабарым, сақтансаң, жаным, жарар.
Бұл сөзбен халифаға Масғұт барды,
Хабарын естіген соң хан да аңғарды.
Айтқан кезі жақындап келген шақта,
Ертерек таза судан құйып алды.
Болған соң уәделі күн, жауын жауды,
Судан ішкен жынды боп, ақылы ауды.
Күні-түні шуласып, таласады,
Ұмытты тамақ жеу мен және ұйықтауды.
Бұлар шулап бір күні келді ордаға,
Хан мен уәзір қарайды тамашаға.
Бәрі де есі шығып, жынды болған,
Бос шулап жүр кіші іні, үлкен аға.
Ол халқының алдына жақын барды,
Сөз айтып әрбір түрлі, ақыл салды:
Бір кеселге байғұстар, жолығыпсың,

— Үйіңе бар, ұйықтаңдар! — деп шығарды.

Олар шықты есіктен ханға өкпелеп,

Көшеден шулап және жылаған көп:

– Хан мен уәзір ақылдан айрылыпты,

Өлтірейік екеуін, жынды екен, – деп.

Өлтіргелі ордаға қайта жүрді,

Бұлардың сөзін естіп хан да көрді:

– Бұрынғыдан мұнысы қиын болды:

Ойбай, уәзір, ақыл тап, қайттік? –деді.

Құтылар хал болмады мына дудан,

Біз де ішпесек болмайды жынды судан.

Өлтірер өңкей жынды бізді келіп,

Жынды деп есі дұрыс бізді қуған.

Екеуі жынды судан ішіп салды,

Құтырып көп алдына жетіп барды.

Өңкей жынды байқамай айтыппыз деп,

Құлдық ұрып, бұларға кеп жалбарды.

Сонымен бет-бетімен тарқап кетті,

Әйтеуір, тарқайтұғын уақыт жетті.

Көрдің бе, көп тентектің қылған ісін?

Еріксіз есті екеуін есер етті.

Көптің бәрі осындай, мисал етсең,

Көп айтты деп алданып, уағда күтсең.

Ғапіл боп көп нәрседен бос қаласың,

Аңдамай көп сөзімен жүріп кетсең.

_1887

이스깐데르[*]

세상이 이스깐데르와 그의 업적을 기억한다
마케도니아는 그에게 왕홀을 주었다
그는 필립왕의 아들이었으며
그의 삶은 영광에 대한 희망이었다
필립왕이 죽고 난 뒤 이스칸데르는
스물한 살이 되었고 더없는 전성기를 맞이했다

그는 자기 나라의 인구가 적고 땅이 비좁다 여기고
이웃나라에 시샘어린 눈길을 돌렸다
이웃나라의 부요함, 거기서 만들어진 물건들을 보았다
이에 군사를 모으고 이웃나라 도시로 진격해 들어가
여러 나라를 굴복시키고 무수한 왕들을 권좌에서 끌어내렸다
수많은 백성을 학살하고 곡물을 불태우고 가축을 몰살시켰다
너무나도 많은 피를 강과 바다에 흘려보냈고
무수히 많은 죄 없는 이들의 숨통을 끊어놓았다
그가 저지른 유혈참극에 대한 끔찍한 기억은 영원히 남았다
무릎 꿇지 않는 이들을 노예로 만들고
자기 나라 땅을 밖으로 밖으로 넓혔다
왕, 술탄, 황제들의 빛나는 나날을 음울하고 어둡게 만들어주었다
허나 이스깐데르의 욕심은 더욱 깊고 심해져
그에게는 온 세상이 좁고 작아져만 갔던 것이니
그 때에 아첨쟁이들은 그에게 이렇게 말했다:

---

[*] 이스깐데르 : 마케도니아 알렉산더대왕의 동양식 이름

"이스깐데르는 권력자 중의 권력자, 대왕 중의 대왕이로소이다"
파발꾼들은 그가 거둔 승리의 소문을 퍼뜨려
온 세상 구석구석으로 그의 이름이 퍼져나갔다
그는 먼 나라로 원정을 떠나 소나기처럼 진격해 들어갔다
그의 군사는 피가 흥건한 곡물을 거두어들이는 가을농부들
가차 없고 용맹하고 피에 굶주리고 사나운
이스깐데르 독수리는 하늘보다 더 높이 솟아올랐다
꽃피는 땅, 끝없는 사막의 평원
어디를 가나 그는 넘지 못할 경계를 찾지 못했다

어느 텅 빈 사막에서 이 일이 일어났다
이스깐데르는 어느 한 메마른 사막을 헤매고 있었다
물 한 방울도 없는 사막에 내려쬐는 땡볕, 더위와 목마름
군사들은 미쳐가며 목숨이 붙어있는 것마저 반갑지 않아
운명을 체념한 채 죽음이 다가오기만 기도하고 있었다
이에 이스깐데르는 제 군사들을 죽이고자 칼을 빼들었다
온 세상에 떨칠 영광에 대한 꿈을 포기하고서.
그의 말도 고통을 견디지 못하고 쓰러지니
그는 손에 쥐고 있던 고삐 줄을 놓고 엎드려
절친한 친구요 동반자인 말의 목을 끌어안았다
그리고 일어서는데 별안간 반짝이는 별빛이 보였다
그 빛을 따라가니 그곳은 그들에게 다가오라 손짓하는 서늘한 샘
이스깐데르는 입을 대고 샘물을 마시기 시작했다
시원한 물줄기가 입술과 마음까지 시원하게 식혀주었다
곧 요리사들에게 마른생선의 먼지를 털어 샘물에 담그게 하니
생선 맛이 아주 좋아져 그 맛 또한 일품이었다

단지 샘물은 생선을 시원하게 만들어주었을 뿐이지만.
이스깐데르가 말했다: "이렇게 맛있는 물은 여태껏 맛보지 못했도다
어서 이리로 오라 — 목마름의 불길을 이 물로 식히자
그리고 이 샘으로 물을 흘려보내는 그 샘터로 가자
우리는 틀림없이 그곳에서 부유한 나라를 발견하리라
사람들을 무릎 꿇리고 불복자는 죽이고 재산을 빼앗아 집으로 돌아가면
우리는 우리 손으로 무한한 영광을 얻으리라"
그는 군사들에게 샘물을 마시게 하고 말에게도 먹인 뒤
원정길을 이어나갔다 — 여러 날이 흘렀다
팀파니 소리를 내며 행군을 했다, 갑옷과 사슬갑옷이 번쩍이고
트럼펫 악기소리는 하늘로 울려 퍼졌다

장엄한 위용을 드러낸 어느 산에 이르니
샘터가 있고 그 물줄기가 골짜기로 흘러내리고 있었다
불현듯 골짜기 앞에는 하늘까지 솟아오른
높이를 가늠할 수 없는 황금대문이 번쩍거렸다.
이스깐데르는 주먹으로 대문을 두드렸다
황금대문 두드리는 소리가 멀리까지 들렸다
허나 무쇠처럼 강한 손이 아프도록 두드렸건만
황금대문은 한 치의 움직임도 없이 그대로 서 있을 뿐.
이스깐데르는 장벽이라는 것을 한 번도 알지 못했기에
그는 전쟁터에서 언제나 승리자로 남았기에
하여 그때까지 그는 자기를 전능자라고 여겼기에
이렇게 대문을 부수지 못한 무능함에 수치심이 치밀었다
그는 높이 들어 올린 칼 손잡이로 쉼 없이 대문을 두드렸다
황금대문 두드리는 소리보다 더 큰 소리로 외쳤다

"어서 대문을 열라!" 위엄 있는 목소리로 외쳤다
이에 대문 뒤에서 발걸음소리가 들리고
이스깐데르는 문지기의 목소리를 들었다
"대문을 열라는 지시가 없었소이다
여기는 하느님의 궁전이라오" 문지기가 말했다
"나는 이스깐데르 — 대왕 중의 대왕이로다
온 세상이 나의 발아래 있는데
나 같은 권력자가 걸인처럼 서있는 것이 수치스럽도다!"
"왕이여, 현명한 사람에게 자기자랑은 어울리지 않습니다
여기는 당신의 권력이 미치지 않는 곳입니다
선망을 품고 욕심을 부리고 세상을 좁게 여기며
당신 땅을 넓히려 애쓰지 마십시오, 다 부질없는 짓이니"
"나는 하루, 한달, 한해만을 걸어서 여기에 온 것이 아니라.
여기가 끝이라면, 앞으로 더 갈 길이 없다면
그리하여 내가 지구의 끝에 이르렀다면
내가 다스리는 백성들에게 줄 선물을 다오"
"당신은 많은 나라를 굴복시켰지만 모든 것을 가지진 못했습니다
요청한 선물은 여기 있으니 어서 받으시구려"
황금대문 틈사이로 손가락보다 조금 더 두꺼운
조그마한 두루마리 하나가 떨어져 나왔다
의아하게 생각하며 이스깐데르가 선물을 펼쳐보는데
이전보다 더 화가 치밀어 그의 얼굴이 금세 어두워졌구나
펼쳐진 두루마리에는 뼈가 들어있었던 것이니
이런 뼛조각은 얼마든지 무덤 속에 있는 것이 아니던가!
그는 제 지성으로 그 속뜻을 알아차리지 못하고
이 같은 선물에 비웃음만 느꼈을 뿐.

"문지기야, 나를 이렇게 어리석게 희롱하지 마라!"
이스깐데르는 뼛조각을 멀리 던져버리려 하였다
그때 대왕 옆에는 현자 중의 현자가 있었으니
이름하여 아리스토텔레스, 그는 현자 중에 최고의 원로
"이것은 평범한 뼛조각이 아니니 던져버리지 마소서"
현자 중에 가장 영민한 현자가 이렇게 말했다
아리스토텔레스는 사람 머릿속 생각을 책 읽듯 다 읽어냈으므로
대왕 중의 대왕도 그의 조언을 유심히 들었다
"저울을 대령하라, 그 저울 위에
뼛조각과 금덩어리를 놓고 어느 것이 더 무거운지 달아보자"
현자의 조언에 따라 대왕은 큰 소리로 명령했다
하여 두 접시의 무게가 똑같은 양팔저울의 한쪽에
금이란 금은 모두 쓸어 모아 올려놓았구나
헌데 뼛조각과 재어보니 금덩어리는 새털처럼 가벼울 뿐
이것을 본 이스깐데르가 깜짝 놀라
제 갑옷까지 벗어 금이 놓인 접시 위에 올렸건만
여전히 뼛조각이 담긴 접시가 더 아래로 내려갔느니:
금은 값싼 쇠 갑옷으로 인해 더 가벼워졌던 것
이스깐데르가 현자에게 질문했다
"내가 재산을 너무 적게 모았나 보오
이렇게 가벼운 뼛조각이 금보다 더 무거운 것을 보니.
무얼 올려야 뼛조각 접시를 누를 수 있겠소, 그대는 어찌 생각하오?"
아리스토텔레스는 허리를 굽혀 땅에서 흙을 한 줌 집더니
이에 그 흙을 뼛조각 위에 얹었구나
그러자 뼛조각이 놓인 접시가 솟아올라
마른 갈대줄기보다 더 가벼워졌구나

이것을 본 대왕은 생각에 잠겨
다시 아리스토텔레스에게 물었느니
"이것은 너무나 신비스러워 나는 이해하지 못 하겠소
설명을 해보시오, 이것을 어떻게 받아들여야 하는지를?"
"이 뼛조각은 눈을 감싼 안와골입니다"라고 현자가 대답했다
"이렇게 가치 있는 귀중한 재산은 세상에 없습니다
욕심 많은 눈의 시야는 흙만이 메울 수 있습니다
어떤 사람은 눈의 욕심이 끝이 없어
온 세상을 손아귀에 넣고도 성이 차지 않지요
허나 죽은 자의 눈엔 금강석과 사파이어도 모래와 한가집니다
대왕이여, 화내지 말고 끝까지 제 말을 들어 보십시오
우리는 황금대문을 부수지 못할 것입니다
당신은 억울한 마음이 깊이 사무치겠지만
여기는 당신의 영광이 끝나는 곳, 더 올라갈 길은 없을 것입니다"
아리스토텔레스가 말을 마치자 대왕이 대답했다
"아, 모든 업적이 다 소용없구나! 이 모든 걸
하느님이 판단하시리라!"하고는 해가 지는 곳으로 이동했다
군대도 그를 따라 발길을 돌렸다

내 이야기는 여기서 끝이 난다 ― 이야기가 길진 않지만
좋은 때가 오면 이 이야기 속에서 교훈을 찾아내리라
명예에 대한 욕심이 많은 자여, 쓸데없이 몸부림치지 마라:
눈의 욕심이 많으면 그 무엇도 그것을 채울 수 없으니.
인생은 짧고 쏜살같이 지나가느니
반가운 소식을 들으면 그것을 과거형으로 말하라
양심이나 명예를 물건처럼 사고팔았다면

그대의 업적과 명예는 더럽혀지고 말리라
바보들에게서 칭찬을 듣기를 바라고
아첨쟁이의 무리에 둘러싸여 있다가
한 걸음만 밖으로 나가면 조롱당하고
양심 없이 태어난 자라고 비웃음만 받으리라
쓸모없는 자는 칭찬을 바라지만
없는 존엄을 돈으로 살 수는 없는 것
자신의 가치에 대해 어찌 자기가 말해야 되겠는가?
자기에게 빛이 있다면 그 빛이 저절로 드러나 보이리라.

Ескендір

Осы жұрт Ескендірді біле ме екен?
Македония шаһары оған мекен.
Филипп патша баласы, ер көңілді,
Мақтан сүйгіш, қызғаншақ адам екен.
Филипп өлді. Ескендір патша болды,
Жасы әрең жиырма бірге толды.
Өз жұрты аз көрініп, көршілерге
Көз алартып қарады оңды-солды.
Сұмдықпен әскер жиып қаруланды,
Жақын жерге жау алып тура аттанды.
Көп елді күтінбеген қырды, жойды,
Ханды өлтіріп, қаласын тартып алды.
Жазасыз жақын елдің бәрін шапты,
Дарияның суындай қандар ақты.

Шапқан жердің бәрін де бодан қылып,
Өкіметпен қолына тартып апты.
Ескендір елде алмаған хан қоймады,
Алған сайын көңілі бір тоймады.

Араны барған сайын қатты ашылып,
Жердің жүзін алуға ой ойлады.
Қанішер қаһарлы хан ашуы кеп,
Атағынан қорқады жұрт қайғы жеп.

Сол күнде қошаметші айтады екен:
Ханның ханы, патшаның патшасы деп.
Атағы талай жерге оның жетті,
Жердің жүзін алуға талап етті.

Есепсіз әскер ертіп, жарақтанып,
Есіткен елдеріне жүріп кетті.
Алдынан шыға алмады ешкім мұның,
Бәрін де алды, қорқытты жолдағының.

Жан шықпады алдынан, тоқтауы жоқ,
Жер жүзін жеке билеп алмақшының.
Жүре-жүре бір елсіз шөлге түсті,
Алып жүрген суының бәрін ішті.

Адам, хайуан бәрі де бірдей шөлдеп,
Басына құдай салды қиын істі.
Сандалды сар далада су таба алмай,
Шөлдеген жұрт қайтеді бос қамалмай?

Қызметкердің бәрін де өлтірмекші
Болыпты, шөлдегенге шыдай алмай.
Мысалы астындағы ат о дағы ұшты,
Ескендір де атының жалын құшты.

Жалтырап сәуле берген бір нәрсеге
Патшаның ат үстінде көзі түсті.
Барса, бір сылдыр каққан мөлдір бұлақ,
Таспадай бейне арықтан шыққан құлап.
Түсе сала Ескендір басты қойды,
Ішсе, суы өзгеше, тәтті тым-ақ.
Кепкен балық келтіртті сонда тұрып,
Сол суға балықты алды бір жудырып.
Исі, дәмі өзгеше болып кетті,
Таң қалды мұның бәрін суға жорып.
Ескендір қолына айтты: "Бұл неткен су?
Бәрің де ішіп, бұл суға бетіңді жу!
Бір бай елден осы су шыққан шығар,
Өрлеп барып, үстіне тігелік ту
Бұл салқын, тәтті суға қаныңыздар,
Шақ келер маған жан жоқ наныңыздар.
Менен қалмай, бұл суды шапшаң өрлеп,
Талқан қылып шаһарын алыңыздар!"
Жарлық шашты, қол жүрді суды өрлей,
Шаһарына жеткенше дамыл көрмей.
Көкпеңбек темір киген өңкей батыр
Тарттырып жөнеледі сырнай-керней.
Сол әскер суды өрлеп талай жүрді,
Судың басы бір құзар шатқа кірді.
Шаттың аузын бекіткен алтын қорған,
Қақпасы бекітулі, көзі көрді.
Қақпаны ашайын деп хан ұмтылды,
Тұтқасын олай-бұлай қатты жұлды.

Аша алмады қақпаны, үміт үзді,
Ақылдасып тәуір-ақ амал қылды.
Ескендір тоқтау көрмей өскен жан ғой,
Келмей ме тоқтаусыздың бәрі даңғой?
Дел-сал болып бәрі де қайта шықты,
Алысып әл келмесін байқаған ғой.
Долдықпен хан Ескендір ашуланды,
Ашуланып қақпаға жетіп барды.
Қақпаны дүбірлетіп қағып-қағып:
– Қақпаңды аш! – деп барынша айғай салды.
Қақпаның ар жағынан біреу келді,
Күзетшісі сол екен, дыбыс берді
– Қақпаны саған ашар рұқсат жоқ,
Бұл – құдайға бастайтын қақпа, – деді.
– Білмесең, мен Ескендір патша деген,
Жер жүзінің соғыста бәрін жеңген.
Қақпаңды аш,хабарыңды айт, білдір маған,
Қорлығым өзім туып көз көрмеген.
– Мықтымын деп мақтанба ақыл білсең,
Мықты болсаң, өзіңнің нәпсіңді жең!
Іші тар көре алмастың біреуі сен,
Ондай кісі бұл жерге келмейді тең.
– Талпынған талаппенен мен де бір ер,
Көп жүрдім, кездей келді көрмеген жер.
Ең болмаса, халқыма көрсетейін,
Сый қылып, белгі болар бір нәрсе бер.
Қақпадан лақтырды бір орамал,
Сыйым – осы, есерім, мынаны ал!

Ішінде бір нәрсе бар ақыл берер,
Апар-дағы, ойланып, көзіңді сал!
Орамалды қуанып қолына алды,
Сый алдым деп халқына қайта барды.
Қараса ішіндегі бір қу сүйек,
Бұл не еткен мазағы деп аң-таң қалды.
Ашуланып сыйына болды кекті,
– Ең болмаса білмеді сый бермекті:
Осы менің теңім бе? – деп ақырып,
Лақтырып жіберді сол сүйекті.
Жолдасы Аристотель ақылы мол,
Лақтырған сүйекті алады сол.
Ханға айтты: «қасиет бар бұл сүйекте,
Көзіңе көрсетейін, хабардар бол!».
Сол күнде Аристотель – жеке дара,
Ақыл сөзін тыңдамай бар ма шара:
–Таразыны әкел де, сүйекті сал,
Бір жағына алтын сап, өлшеп қара!
Бұл сөзге Ескендір де қарай қалды,
Таразыны құрдырып, ортаға алды.
Қанша алтынды күміс пен салса-дағы,
Бір кішкентай сүйекті аудармады.
Мұны көріп, Ескендір аң-таң қалды,
Бар қаруын алтынға қоса салды.
Енді қайтер екен деп қарап еді,
Бұрынғыдан қу сүйек ауырланды.
Аристотель хакімге патша келді
– Мына сүйек қазынаның бәрін жеңді.

Бұл сүйекті басарлық нәрсе бар ма?
Ақылыңмен ойланып тапшы! – деді.
Хакім жерден топырақ алып барды,
Бір уыстап сүйекке шаша салды.
Ана басы сылқ етіп жерге түсіп,
Сүйек басы жоғары шығып қалды.
Ескендір мұны көріп аз тұрады,
Хакімді аулақ жерге шақырады.
Таң қаларлық іс болды мұның өзі,
Мәнісін айтып берші, — деп сұрады.
– Бұл – адам көз сүйегі, – деді ханға, —
Тоя ма адам көзі мың мен санға?
Жеміт көз жер жүзіне тоймаса да,
Өлсе тояр көзіне құм құйылғанда.
Кәпір көздің дүниеде араны үлкен,
Алған сайын дүниеге тоя ма екен?
Қанша тірі жүрсе де, өлген күні
Өзге көзбен бірдей-ақ болады екен.
Ашуланба, ей, патшам, айтайын дат:
Алтын қақпа бермеді сізге рұқсат.
Сый сұрадың, бергені – бір қу сүйек,
Мұны көріп, алыңыз сіз де ғибрат!
Ойлап-ойлап патшаның мойны түсті,
Құдайым көрсетті деп бұл бір істі.
Бекерлік екен менің бұл ісім деп,
Қолын алып жұртына қайта көшті.
Аз-ақ сөз айттым, бітті бұл әңгіме,
Мұны бір өзге сөздің бірі деме.

Қарның тойса, қайғырма мақтан үшін,
Тоймас көзің толар деп қайғы жеме.
Қу өмір жолдас болмас, әлі-ақ өтер,
Өз күлкіңе өзің қарық болма бекер!
Ұятың мен арыңды малға сатып,
Ұятсызда иман жоқ, түпке жетер.
Мақтанасың біреуге мақтасын деп,
Шаужайымнан еш адам қақпасын деп,
Сен кеткен соң артыңнан күліп қалар,
Антұрғаннан құдайым сақтасын деп.
Ақылсыз өзін мақтап былжырайды,
Бойыңа өлшеп сөйлесең, нең құрайды?
Жақсы болсаң, жарықты кім көрмейді,
Өз бағаңды өзіңнен кім сұрайды?!

1894-1902

카자흐스탄 초원에 솟아오른
거대한 시문학의 산

아바이 꾸난바이울릐(Абай(Ибраһим)Құнанбайұлы. 아바이 꾸
난바예브 Абай Ибрагим Кунанбаев. 1845~1904)는 카자흐스탄의
위대한 시인이며 사상가다. 그는 카자흐스탄 초원에 경이롭게 솟아오
른 산맥처럼 급변의 시대가 감지되던 19세기 중반에 홀연히 그 모습
을 드러냈다. 그리고 광야를 달리는 말처럼 변화와 격동의 한 세기를
질주해 나가면서 주옥같은 시편과 잠언들을 남겼다. 그가 남긴 글들
은 카자흐스탄 전역에 깊은 울림을 주었으며 지금도 카자흐스탄 전
국민의 가슴 속에 그침 없이 메아리치고 있다. 아바이의 존재는 카자
흐인의 자부심이자 카자흐문학의 상징이다.

동양과 서양의 교차로에 위치한 카자흐스탄의 유목문화가 거기서
수없이 만나 부딪치고 뒤섞이는 이질적인 요소들을 포용의 정신으로
수렴해왔듯이 아바이 또한 그러한 광활한 초원의 관용정신에 바탕을
두고 대자연과 유목민의 삶을 껴안고 포용하며 기쁨과 슬픔과 희망의
노래를 불렀다. 그는 카자흐 고유의 전통과 서구의 합리성과 종교적
영성을 동시에 추구하였으며 이는 현대 다민족국가 카자흐스탄이 바
람직한 미래를 지향하는데 더욱더 상서로운 빛을 던져주고 있다. 모
든 카자흐인은 아낌없는 존경과 열렬한 찬사로 국민시인 아바이의

아바이의 사상과 시세계 그리고 생애

위상을 변함없이 확인시켜주고 있다.

걸작 대하소설『아바이의 길』(1947년)을 쓴 무흐따르 아우에조브는 "아바이의 본성, 아바이의 목소리, 아바이의 정신, 이것은 시간의 호흡이고 자연 자체의 목소리다. 오늘날 이 시인의 목소리는 우리들의 목소리로 흘러들어오고, 새로운 통제력을 강화시키고 집중시켜준다."라고 격찬한 바 있으며, 시인 아흐메트는 "아바이 꾸난바이울리는 카자흐인 최초의 시인이다. 그처럼 위대한 정신을 가진 탁월한 시인은 카자흐 역사에서 그 이전에도 없었고 그 이후에도 없다."라고 칭송했고, 시인 샤카림은 "아바이는 카자흐스탄 초원에서 살았다. 왜냐하면 당연히 받아야 할 인정을 세계에서 받지 못했기 때문이다. 그러나 그는 위대한 시인으로, 계몽가로, 철학자로 살았다. 그는 보잘것 없는 환경에서 태어나 모욕적인 삶을 살았다."라고 존경을 표하며 그가 살아온 시대적 환경을 애석해했다. 아바이의 위대함과 탁월성에 대해서는 어느 학자나 지식인을 막론하고 이견을 드러내본 적이 없을 정도로 특별하고 독보적이다.

1 아바이의 사상

> 아바이의 본성, 아바이의 목소리, 아바이의 정신, 이것은 시간의 호흡이고 자연 자체의 목소리다. 오늘날 이 시인의 목소리는 우리들의 목소리로 흘러들어오고, 새로운 통제력을 강화시키고 집중시켜준다.
>
> 무흐따르 아우에조브(소설『아바이의 길』의 저자)

카자흐스탄의 모든 국민으로부터 절대적인 추앙을 받고 있고 그런만큼 현대 카자흐인의 휴머니즘과 세계관에 지대한 영향을 미친 아바이 꾸난바이울리(Абай (Ибраһим) Құнанбайұлы)의 사상을 한 마디로 정의하기란 매우 어려운 문제다. 그만큼 그의 사상이 여러 방면으로 펼쳐져 있으며 복잡한 층위를 형성하고 있기 때문이다. 이는 급변하는 정치사회적, 문화적 환경과 맞물리면서 복잡다단하게 전개된 그의 인생여정과 그 과정에서 체득한 그의 지적 사유가 그만큼 드넓은 스펙트럼으로 펼쳐진 데에 그 원인이 있다. 또 아바이 스스로 자신을 얼마만큼 비밀스러운 사람이라고 표현한 바 있듯이 그의 바탕이 본디 깊고 넓어, 아바이의 사상은 한 곳만을 뚜렷이 지향하고 있지 않으며 따라서 한두 가지 성향으로 그의 사상이 간단히 정의되지 않는다.

다만 그가 쓴 작품들을 꼼꼼히 살펴봄으로써 우리는 그가 전하는 메시지의 본질을 몇 가지로 분류해볼 수 있다. 또 이미 여러 연구자들의 수고에 힘입어 그동안 아바이의 사상은 명확하고 뚜렷한 형태로 모습을 드러내왔으며 현시점에 가장 근접한 시기에 이루어진 연구자 집단의 평가와 해석은 더욱 풍부하고 깊은 사상적 정수를 보여주었다. 최근의 연구자집단일수록 과거 연구자들의 지적 모험에 수반된 성취와 오류를 성찰할 기회를 더 많이 붙잡음으로써 아바이 사상에 대한 해석학적 깊이를 더해왔기 때문이다.

시인이자 작가인 아바이가 학문적·사상적으로 집중조명을 받게 된 것은 거의 전적으로 장편소설 『아바이의 길』(1947년)을 쓴 무흐따르 아우에조브(Мұхтар Әуезов)의 노고와 개념형성에 힘입은 덕분이다. 아우에조브는 소비에트 혁명이 일어나던 1917년 무렵부터 소설 『아바이의 길』을 집필하기 시작했으며 그 당시까지만 해도 제대로 분석, 정리되지 않았던 아바이의 사상을 누구보다도 먼저 개념화하여 보편화하는 데 성공하였다. 그는 이 대하소설을 통하여 시인이자 사상가인 아바이를 아바이학이라는 학문의 영역으로까지 올려놓았다. 하지만 당시는 소비에트 시대가 최전성기를 맞이하고 있던 때라 그가 만든 개념의 틀은 소련사회주의 사상의 우산 아래 놓여 정신보다 문자를, 맥락보다 내용을, 배경보다 현시된 자료를 더 우월한 곳에 놓음으로서 아바이의 사상이 협소한 학문적 출판을 넘어설 수 없도록 차단하는 결과를 가져오기도 했다. 그럼에도 불구하고 이는 당시를 지배하던 시대사상의 한계 내에서 카자흐 인문학과 대초원 고유의 정신이 최대로 나아갈 수 있는 만큼 나아간 승리의 기록이기도 했다.

아우에조브는 아바이의 사상을 '무슬림적 동양', '무신론적 서구', '고유한 초원의 전통'이라는 세 가지 사상으로 압축, 정리하였다. 이와 같은 정의는 간명하고 명쾌했으나 이미 언급했듯이 당시 소비에트 이데올로기의 한계를 벗어나지 못하는 부분이 있었다. 이중 '무신론적 서구'가 종종 논란이 되는데 아우에조브의 개념에서 보면 사상적 측면에서 아바이가 동양에서 서양으로 넘어가기는 했지만 완전히 넘어간 것은 아니라고 이야기할 수 있다. 하지만 이는 아바이 고유의 사상과는 얼마간 거리가 있는 것으로서, 진실을 말하자면, 아바이는 자기가 뿌리박고 있는 동양으로 되돌아오기 위해 서구를 지향했다는 데에 여러 학자들이 동의하고 있다.

그렇다면 사상가로서 아바이는 누구이며 아바이 사상의 핵심은 무엇일까? 이 문제를 들여다보기에 앞서, 아바이 스스로도 자신이 비밀스럽고 의문스러워 이렇게 독백한 적이 있음을 상기할 필요가 있다. "내 마음을 깊이 들여다보라, / 나는 수수께끼 같은 사람이라는 걸 기억하라." 바로 이 시구에 상징적으로 표현되어 있듯이 아바이를 정면으로 바라보아서는 그의 사상이 어떤 하나의 지향이나 경향으로 똑바로 수렴되어 드러나지 않는다. 그래서 그를 향한 접근은 직접이 아닌 불확정으로, 직유가 아닌 은유로, 내용이 아닌 배경으로, 자료가 아닌 맥락으로, 구성이 아닌 해체로, 세분한 뒤에 종합하는 방법으로 이루어져야 한다.

　우리는 이와 같은 방법으로 그가 남긴 시와 글들을 찬찬히 뜯어봄으로써 그의 사상적 목표와 경로를 뚜렷이 발견할 수 있다. 이를 통해 우리는 그가 서구론자이긴 하지만 완전한 서구론자는 아니고 무신론적 서구론자는 더더욱 아니며 과학적·합리적 서구론자라는 점을 어렵지 않게 확인할 수 있다. 그리고 멀리서 또 가까이서 글의 행간을 살펴보면 거기에 드러나는 그의 사상은 훨씬 더 복잡하고 다양하다는 것을 발견하게 된다. 이는 그 시대를 지배하던 문화와 사회현상, 특히 격변의 회오리가 휘몰아치던 초원의 정치적 상황과도 맞물려 있다. 아바이는 온갖 이질적인 요소들이 들어와 만나고 부딪치고 충돌하면서 조화를 이루던 동서 문화의 요충지인 카자흐스탄 유목문화처럼 혼합적이고 복잡한 층위를 가진 세계관을 자연스럽게 축적해오고 있었다. 연구자들의 표현을 빌리면 이는 그의 세계관 안에서 한 사상의 층은 다른 층 위에서 그 층을 흡수하지 않고 공존하며 놓여 있다는 것을 의미한다. 이는 매 층위마다 독립적인 의미를 갖고 있지만 전체적으로는 조화로운 하나를 이루는 무지개나 스칸디나비아식 요리, 또는 다양한 색실로 짜인 양탄자에 비유할 수 있을 것이다.

　지금까지 연구된 바에 의하면 아바이의 글에 나타나는 세계관은 대략 튜르크적 세계관, 이란-투란적 세계관, 무슬림적 세계관, 러시아-유럽적 세계관이라는 네 개의 단위로 구분된다. 학자들에 의하면 이는 동양과 서양의 교차로에 서있는 아바이 사상의 좌표를 가장 정확히 보여주는, 진실에 근접한 분류로 평가된다.

　냉혹한 시련과 가없는 기쁨을 함께 선물해주는 변화무쌍한 자연을 노래하고, 질주하는 말과 하늘로 치솟는 매처럼 요원의 불길로 타오르는 초원의 혼을 애창하고, 그 속에서 하나가 되어 살아가는 동족들의 강인한 모습을 그린 아바이의 시편들은 두말할 것 없이 츄르크적 세계관에서 나온 것이다.

또 당시 카자흐인들 사이에 널리 퍼져있던 타성과 인습과 나태에 젖은 삶을 준엄하게 꾸짖고 새로운 시민의식과 종교적 영성으로 그들을 계몽하려 했던 아바이의 열정은 불멸을 찾아 유한한 운명에 맞서 전사처럼 나아가며 음악(문화)으로 사람들을 개화시켰던 츄르크족의 조상 코르크트(Коркыт Ата. 꼬르꾸트 Коркут)의 신화에서 그 모티브를 찾을 수 있을 것이다.

코르크트는 츄르크족 신화에 나오는 전인적인 인물로서 카자흐 식으로 전승된 코르크트 신화에 의하면 그는 카자흐 최초의 샤먼(예언자)이자 샤먼의 보호자이며 가수(시인)였다. 또한 그는 카자흐 전통현악기인 코브즈의 발명가이기도 했다. 신화에 의하면 코르크트는 어느 날 사람들이 자기의 무덤을 파는 꿈을 꾸었다. 그러자 그는 죽음을 이기고 불멸을 쟁취하기로 결심하고 그 자리에서 멀리 달아났다. 하지만 같은 꿈이 다시 찾아와 그를 괴롭혔고 그는 또 멀리 달아나야 했다. 그러기를 여러 차례 반복하면서 그는 죽음이 오직 땅에서만 자기를 노리고 있다는 생각이 들었고, 물로 도망가면 살 수 있을 거라고 판단하였다. 그래서 그는 카자흐스탄 서쪽을 흐르는 씌르다리야 강으로 달려가서 그 위에 이불을 펴고 거기 서서 밤낮 없이 코브즈를 연주했다. 그러다가 지쳐서 쓰러져 잠이 들었는데 그만 전갈(또는 뱀)이 다가와 그의 발을 물어 죽고 말았다. 그가 죽자 친구들은 그의 시신을 고이 묻어주고 무덤 위에 그가 연주하던 코브즈를 올려놓았다. 그러자 코브즈는 저절로 울리기 시작했다. 그렇게 무덤 위에 놓인 코브즈는 오랜 세월동안 울렸다. 사람들은 코르크트의 영혼이 내려와 그 악기를 연주하는 것이라고 믿었다.

아바이는 카자흐 유목민들의 신화적 영웅 코르크트가 시대에 맞게 전투적인 모습으로 육화한 근대적 영웅이라 할 수 있다. 아바이는 신화 속 코르크트처럼 예언자(시인)로 태어나 유한한 세계 속에서 불멸을 찾아 거침없이 초원을 달려왔다. 그가 쓴 시와 잠언들은 맑고 깊은 영혼의 음률을 지닌 코브즈처럼 카자흐 초원에 사는 모든 이들의 가슴을 파고들었다. 비록 그의 육신은 사라졌지만 코르크트가 혼의 음악으로 사람들을 개화시켰던 것처럼 아바이도 불멸의 시와 잠언으로 초원의 돌을 베개 삼아 사는 사람들을 진실되고 문명한 세상으로 부단히 이끌어왔다. 그가 쓴 자연(풍경)의 서정시들은 초원의 주인인 츄르크인들의 기상과 전통과 생활양식을 때로는 세밀화처럼 치밀하게, 때로는 단번의 붓질로 완성하는 서화나 크로키처럼 간명하게 잘 드러내고 있다.

근대적 사고방식과 과학에 대한 굳건한 믿음으로 사람의 의식과 사회를 개조하려 했던 아바이의 의지는 두말 할 것 없이 러시아-유럽적 세계관에서 쏟아져 나온 것이다. 새로운 시대를 앞장서서 열어가던 서구유럽의 선진 문물과 정신문화를 일찍이 접하고 배운 아바이는 아직 근대성의 개념을 받아들이지도, 심지어는 그걸 의식조차 하지 못한 채 곧 해체되어 사라져버릴 낡은 세계관 안에 갇혀 잠들어있는 동족들에게 뜨거운 연민의 마음을 품은 채 계몽의 시들을 써내려갔다. 온갖 자연적 제약과 제도적 억압에 맞서 싸우며 끊임없이 성장해온 인류의 의식은 바야흐로 낡은 신화적 세계관을 탈피하고 합리적이고 이성적인 세계관으로 옷입어가고 있었고, 그걸 깨달은 아바이는 뜨거운 열정으로 동족을 계도하고자 했다. 하지만 시대의 선단에 선 선구자들은 늘 자신을 뒤로 끌어내리려는 완고하고 두려움에 떠는 집단의 인력에 맞서야 했다. 아바이 역시 성장과 진보를 두려워하는 인습주의자들로부터 온갖 모함과 조롱을 당하며 그들과 힘겹게 싸워야 했다. 하지만 그가 남긴 말과 글들은 늘 진보와 승리의 길을 드러내 보여주었으며 지금도 변함없이 바람직한 미래를 지향하는 현대사회의 뒤쳐진 무리들을 일깨우는 횃불이 되고 있다.

이란-투란적 세계관은 그의 철학적인 시편들에서 고대 페르시아 학자들의 지식과 사유가 짙게 나타나고 있는 데에서 확인할 수 있고 무슬림적 세계관은 역시 철학적 서정시에서 종교적 신심으로 돌아가려는 모습에서 그 영향을 깊게 느낄 수 있다. 이와 관련하여 주목할 점은 이바이가 수피즘의 영향을 받았다는 사실이다. 이 사실이 중요한 것은 수피즘이 고도의 영성과 평화를 지향하는 무슬림의 매우 중요한 한 흐름이기 때문이다. 이는 종교적, 민족적 다양성이 평화롭게 어우러진 현대 다민족국가 카자흐스탄의 정신세계에 면면히 흐르고 있으며 이 경향은 카자흐스탄의 장래에 더욱 바람직한 목표와 경로를 드러내줄 것이다.

수피즘은 신비주의적 경향을 띤, 무슬림교의 한 종파로서 금욕과 고행을 중시하고 청빈한 생활을 이상으로 하는데 8세기 무렵에 나타나기 시작하여 12~13세기에 많은 교단이 조직되었다. 카자흐스탄의 수피즘은 아흐메드 야사위(Ахмед Яссави, 12~13세기)가 창시했다. 그렇지만 지구의 북반구에 위치해 겨울이 춥고 땅이 기름지지 못해 농산물이 풍부하지 못한 카자흐스탄의 환경은 금욕적 채식주의자 수피들에게 패러독스였다. 그때 등장한 수피가 바로 바하우진 나크쉬반디(Бахауддин Накшбанди, 13세기)였다. 그는 금욕과 고행을 고집하지 않고 대신 마음의 진실성과 신에 대한 신실함을 강조했다. 그 이후 대부분의 카자흐 수피들은 이 방식을 받아들였다. 이들을 네오수피라고 부르는데 아바이도 이를 받아들인 네오수피로 분류된다. 아바이는 어렸을 적에 수피인 베르디(Берди)에게서 개인교육을 받았고 자연스럽게 자신의 시에 수피즘의 흔적을 남겼다.

아바이의 시 중에 "자연은 사라질지라도 인간은 불멸하느니 / 비록 그가 되돌아오지 않고 더 이상 농담하거나 웃질 못해도……"로 시작되는 구절은 아흐메드 야사위가 예언자 무함마드가 남긴 "사람은 살아있을 때에는 자고 죽을 때에는 깨어난다."라는 언명을 "우리는 죽었었는데 소생했다."로 풀이한 성구를 다시 시로 승화해 표현한 것이다. 그 외에도 "육체 없는 '나'는 처음부터 불멸하지만 / '나의 것'은 구원할 수 없구나, 그걸 너무 슬퍼하지 마라." 와 같은 시구나 마케도니아의 알렉산더대왕에 대한 서사시 「이스깐데르」 등 여러 시편에 수피즘의 핵심과 아우라가 남아있다.

요컨대 아바이는 서구 유럽의 계몽사상과 합리성에 큰 영향을 받은 것이 사실이지만 이는 어디까지나 유목민적 카자흐 전통으로 되돌아와 그것을 더욱 풍부하게 살찌우기 위함이었다. 광활한 초원에서 때로는 질풍과 노도처럼 때로는 성난 바람과 우박처럼 때로는 부드럽고 따스한 햇살처럼 또 때로는 순수한 사랑에 가슴이 미어터지려하는 연인처럼 자연을 노래했던 아바이의 서정은 츄르크적 전통에서, 시대의 불의와 맞서 인간과 사회를 합리적으로 개조하려했던 열정은 러시아-유럽적 세계관에서, 철학적·사상적 사유로 현자의 길을 가고자 했던 의지는 이란-투란적 세계관에서, 신에 대한 헌신과 종교성은 무슬림적 세계관에서 영향을 받았다. 그리고 그는, 아시아와 유럽의 교차로에 있는 카자흐스탄의 유목문화가 관용적이고 포용적인 문화를 발전시켰듯이, 그 자신도 자기 내면의 여러 층위에 있는 다양한 사상들이 더 큰 일자 안에서 서로 독립적으로 공존하면서 인류의 진보와

휴머니즘이라는 거대하고 원대한 목적을 향해 일치된 힘으로 나아가
도록 뜻을 집중해왔다. 그리고 신에 대한 헌신과 평화의 길을 걸었던
네오수피로서 자연과 인간의 이면에 있는 참된 본성을 성찰했다.

어느 아바이 연구가가 멋들어지게 표현했듯이 아바이 사상은 샤먼
의 다이아몬드 카드 패처럼 그의 사상을 구성하는 요소들이 서로 멀
리 떨어져있는 것 같지만 실상은 우주에서 자라난 평화의 나무의 축
에서 실처럼 꿰어지며 평화롭게 존재하고 있음이 선명하고 뚜렷하게
부각되는 것이다.

2 아바이의 시세계

> *아바이 꾸난바이울릐는 카자흐인 최초의 시인이다. 그처럼 위대한 정
> 신을 가진 탁월한 시인은 카자흐 역사에서 그 이전에도 없었고 그 이후에
> 도 없다.*
> 아흐메트(시인)

아바이는 19세기 이후 카자흐스탄의 가장 뛰어난 시인이자 사상가
이자 최고의 지성인이었다. 그가 태어나 창작활동을 전개하던 시기는
제정러시아가 카자흐스탄을 식민지화하는데 점차 속도를 내기 시작
하던 때였다. 유목민의 생활양식은 차츰 정착생활로 들어서기 시작했
다. 전통적 생활양식은 바야흐로 변화의 기로에 서게 되었고 여러 가
치관의 혼란도 병행되고 있었다. 지성인과 작가들의 마음에는 다가올
미래의 변화상들이 마음에 갈등을 일으키며 여러 가지 전조와 예감으
로 나타나려 하고 있었다. 아바이는 그런 변혁의 시기에 초원의 산맥
처럼 홀연히 솟아나 시대의 불의와 싸워나갔다. 그리고 예언자의 외
침과 같은 시와 글을 남기기 시작했다. 아바이의 놀라운 창작능력과

깊은 사유에서 우러난 지식, 그리고 동서양을 아우르는 세계관과 휴머니즘은 그의 창작의 기초를 이루고 있다.

시인 아바이에게 말(언어)은 무엇보다도 중요한 것이었다. 그에게 말은 친구였고 스승이었고 생동하는 우주였다. 그는 소년시절에 페르시아와 아랍의 시인들의 책을 읽고 그들의 언어표현능력에 매료됐으며 스스로 시인의 길을 걸었다. 그는 자기 자신을 순전히 생계를 위해 즉흥시를 읊고 노래를 불러주는 초원의 음유시인이 아닌 동방의 문화를 '기록'하는 시인으로 여겼다. 시인으로서의 자부심은 그의 시 곳곳에서 드러나고 있다. "시문학은 고결하고 존귀한 말들의 황제 / 그대의 재능은 맞지 않는 것도 맞게 하는 것이다……", "……아르근 가문과 나이만 가문의 지도자들은 / 내가 불같은 말들로 무찔렀습니다. / …… / 내가 언어를 금덩어리로 만들어 / 그들 앞에 던져 주는데도 그들은 받지를 않고……" 그는 죽기 한 해 전에 이런 시를 쓰기도 했다. "라기뜨는 불과 불길로 태어나 / 하늘의 번개로 번쩍이네. / 그가 거기서 비로 내릴 때 / 땅은 꽃을 피워 놀라게 해주리라." 여기서 불의 신 '라기뜨'는 말(언어)을 상징하고 있다.

그럼 그의 영혼에서 불길처럼 태어난 말들은 그의 시편에서 어떻게 타오르고 있을까? 그 시들이 궁극적으로 독자들에게 보여주고 싶어 했던 메시지는 무엇일까?

아바이의 시편들은 테마에 따라 자연(풍경)에 대한 서정시, 철학의 서정시, 사랑의 서정시, 비애의 서정시, 풍자시 등으로 나뉜다. 1909년에 이와 같은 테마로 분류되어 묶인 아바이의 시집이 처음 발간되었고 그 뒤로 이런 분류는 하나의 전통이 되었다.

먼저 그가 쓴 자연(풍경)에 대한 서정시들은 분량이 별로 많지 않다.

하지만 이 시가들은 아바이 시의 핵심을 이루고 있으며 그만큼 이 시들은 카자흐스탄 초원 유목민들의 삶의 모습과 광활한 유목적 자연을 한편의 풍경화를 보는 것처럼 선명하게 보여준다. 그가 쓴 자연에 대한 서정시들은 모두가 수작이고 절창이다. 또한 대부분이 장시로 이루어져 있지만 그들의 시행 어디에서도 시적 긴장감이 풀리는 부분이 발견되지 않는다. 광활한 초원처럼 장대하고 호쾌하다. 이 시들을 읽노라면 옛 카자흐인들이 말을 타고 달려오고 매들이 날아가고 눈보라가 몰아치는 것만 같다. 지금까지 어느 누구도 아바이만큼 카자흐스탄 초원의 모습을 그렇게 생동하게 그려낸 시인은 없었을 것이다. 카자흐스탄 초원의 사계절이나 매사냥, 그리고 말에 대해 생생하게 묘사한 이 시편들에 다른 설명을 덧붙이는 건 사족밖에 되지 않을 것이다.

> 사냥꾼들은 이 놀이를 즐거워하리라, 넘어질 것을
> 두려워하지 않으며 정신없이 말을 타고 달리리라.
> 마흔 개의 칼을 날카롭게 곤두세운 여우는
> 사냥매에게 결코 만만치 않은 적수라네.
>
> 매는 용사처럼 서슴지 않고 단숨에 덤벼드네,
> 여덟 개의 창을 쥐고 포획물에서 눈을 떼지 않은 채.
> 날개와 꼬리는 바람 가르는 소리를 내네,
> 사냥매가 하늘에서 질풍같이 몸을 내리꽂을 때.
>
> — 시 「매사냥」 중반부

철학의 서정시들은 분량 면에서 다른 시들을 압도한다. 아바이가 그만큼 철학적, 사상적 사유를 오래도록 깊게 붙들어왔다는 증거다. 이것이 그의 폭 넓은 독서에 바탕을 두고 있음은 두말할 나위가 없다.

아바이는 샴씨(Шәмси), 프줄리(Фзули), 나보이(Навои), 싸이할리(С
әали), 하피즈(Хафиз), 피르도우씨(Фирдоуси), 싸아디(Саади) 등 동
방의 고전시인과 학자들이 쓴 고전 작품들을 두루 섭렵하고 있었고
페르시아어나 아랍어로 된 영웅서사시들도 잘 알고 있었다. 무슬림
율법과 신학의 체계도 명철하게 파악하고 있었음은 물론이다. 그가
쓴 철학적 서정시들은 외적 형식으로 보나 내용으로 보나 동양 고전
작가들의 영향이 뚜렷이 남아있다. 하지만 인간생활의 구체적인 현상
을 인식하고 체험한 바에 적용하여 그는 독창적으로 시를 완성하였
다. 그는 시를 통해 카자흐인의 나태함과 졸렬함을 바꾸려는 열정을
감추지 않았다. 그는 카자흐인들이 진정으로 새로운 시대의 주인으로
깨어나기를 바란 초원의 진정한 근대인이자 계몽가였다.

> 공작꽁지깃 빛깔을 띤 나비들이
> 여름 골짜기마다 분주히 날리라.
> 튤립 꽃 시들어 목을 구부리면
> 그 나비들도 죽어 없어지리라.
>
> 사람에게 필요한 것이 무엇인가,
> 사랑하고 느끼고 슬퍼하며
> 움직이고 바삐 서두르는 것
> 생각하고 현명하게 말하는 것이니.
>
> 시간은 우리 모두를 이끄는 자
> 저 세월을 다스릴 자 누군가?
> 너절한 인간이 촌음에 매여 사느니
> 우린 시간이 이기는 반죽 같은 것
>
> — 시 「공작꽁지깃 빛깔을 띤 나비들이」 전문

비애의 서정시들과 함께 그가 쓴 철학의 서정시들은 그의 삶의 여정과도 깊은 관련을 맺고 있다. 아바이는 생전에 무수한 모함과 무고에 시달렸으며 그걸로 10년이 넘는 민사소송에 휘말리기도 했다. 말년에는 그를 시기하는 무리들로부터 집단폭행을 당하기도 했다. 아바이는 그런 일을 겪으면서 동족에 대한 실망과 배신감으로 커다란 절망과 분노를 느꼈으며 그것을 직접 시로 표현하기도 했다. 하지만 그는 그런 무리들이 합리적 이성으로 어서 깨어나기를 진정으로 바랐다. 그의 분노는 어디까지나 동족에 대한 연민과 애정이 밑바탕에 짙게 깔려 있는 것이었다. 그는 종교성과 영성으로 충만한 삶을 산 사람이었기 때문이다. 그는 인간의 위선을 참지 못했으며 모든 사람들이 진정한 종교성과 영성을 회복하기를 갈망했다. 다음의 시편들에는 무고와 모함에 시달리는 아바이의 절망감이 절절이 표현되어 있다.

> 제 아무리 뛰어도 굴레 쓴 말이 준마를 따라잡을 수 없지,
> 그 말머리에 부엉이 깃과 부적을 달아준대도.
> 그렇구나, 뒤에서 나를 비난하지 않을 수가 없겠구나,
> 흥분하고 무서운 증오로 불타오른 사람들이.
>
> 강아지들 제 아무리 무리를 지은 들 늑대를 이기랴?
> 그들이 아무리 거세게 공격해도 하늘이 보살펴 주는데.
> 불명예스런 자는 언제나 제 악의에 충실 하구나,
> 비록 천막집 벽에 수없이 붙잡혀 묶이곤 해도.
>
>   – 시 「제 아무리 뛰어도 굴레 쓴 말이 준마를 따라잡을 수 없지」 전반부

그가 쓴 사랑의 서정시들은 가식 없는 마음과 순수한 연애감정에 바탕을 두고 있다. 철학적 서정시에서 강하게 드러나는 현자나 계몽

자적 의지로 자신의 심리적·육체적 본능이나 욕구를 제어하려는 성향이 이 시들에는 전혀 보이지 않는다. 그가 쓴 연애시는 인간의 원초적 모습 그대로 순수하고 건강미가 넘쳐난다. 그의 사랑에는 유목민다운 역동성과 바람이나 불처럼 활기차게 움직이는 초원의 율동이 적나라하게 드러난다. 동시대인과 멀리 떨어져 홀로 고민하고 사색하는 사상가 아바이는 초원의 연애시들을 통해 너무나 인간답고 친근한 벗이 되어 동족들 안으로 진입해 들어온다. 아바이는 인간이 사랑을 할 때 얼마나 순수하고 아름다워지는지, 원초적 감정에 충실할 때 얼마나 고귀해지는지를 유감없이 보여주고 있다. 그는 이렇게 노래했다. "미녀들을 사랑하라고 / 예언자도 그리 유언했다네"라고

> 너의 비단결 같은 머리카락을 구기고
> 네 다리 아주 가까이서 안으리라.
> 눈을 감고, 마음은 벌써 취했구나,
> 우리는 하나 된 기쁨을 알게 되리라.
>
> — 시 「나으리의 말」 중반부

아바이는 사회에서 활동영역을 넓혀갈수록 점차 많은 고통과 좌절을 체험하게 된다. 그의 능력과 천재성을 시기하는 무리들의 질시와 모함으로 그는 평생 고통을 겪었다. 그리고 가정적으로는 자식을 먼저 저 세상으로 보내는 비운을 경험했다. 그의 가슴에 눈물이 마를 날이 없었다. 그렇게 고통과 눈물 속에서 비애의 서정시들이 태어났다. 그래서 이 시들은 독자들의 가슴 속에 들어와 진주처럼, 수정처럼 빛나는 보석으로 변하여 마음을 환하게 밝혀준다. "늙음이 있는 곳에 비애가 있고 거기엔 오직 고통뿐……"이라는 구절로 대표되는 그의

슬픔과 비애의 서정시들은 초원을 달리다 상처 난 말처럼, 그리고 이제는 더 이상 달릴 힘이 없는 늙은 말처럼 슬픈 울음으로 삶의 본질을 일깨워준다. 하지만 비애와 슬픔에는 항상 지혜와 깨달음이 함께 깃들여 삶을 더욱 의미 있게 만들어주고 있음을 우리는 그의 시편에서 어렵지 않게 발견할 수 있다.

> 가여운 심장아, 뛰지 마라, 두근거리지 마라
> 부르지 마라, 내게 희망을 주지 마라
> 우리가 밤에 기만을 당했거늘
> 이젠 왜 우릴 속이는 낮을 향해 서두르느냐?
>
> 고아도 제 아비를 찾을 것이고
> 불운한 자에게도 안식처가 보이리라.
> 오, 내 심장아, 허나 오직 너만은 마지막까지
> 푸짐한 식탁으로 불러주지 않으리라.

시 「가여운 심장아, 뛰지 마라, 두근거리지 마라」 전반부

특히 비애의 서정시에 포함되어 있는 8행시들에는 번득이는 지혜와 깨달음과 교훈들이 주옥처럼 빛나고 있다. 이를 읽는 독자들은 마치 보석이 가득 찬 바다에 들어가 있는 듯한 느낌에 빠져들 것이다. 이 시들은 잘 깎인 다이아몬드처럼 빛나고 또 그것처럼 표면이 매끄럽고 단단하다.

> 말을 탄 채, 또 말을 타지 않은 채
> 모든 사람들이 나를 짓밟네,
> 이런 싸움에서 어찌 그들이 시를 들으리?
> 내 심장 더 이상 견디지 못하건만

그 무엇도 나를 도와주지 못하네,
마음이 아파 눈물이 끓어오르네.
만일 고통이 오고, 비애가 타오르면
내 어찌 밤새껏 울지 않으리?

시 「말을 탄 채, 또 말을 타지 않은 채」 전문

아바이는 풍자시를 많이 창작하지는 않았다. 하지만 몇 편 되지 않은 풍자시에도 유목민 생활의 전형적인 허세와 삶의 실상이 익살스럽게 잘 표현되어 있다.

뚤릭바이의 아내여 그대 이름은 셰리쁘로구나,
불쌍한 지고, 그대 정녕 남자 복 없음이여.
그대는 탁 트인 길가에 외로이 선 나리새,
아무런 개나 다가가 살짝 실례를 하고 가는……

시 「셰리쁘에게」 전문

아바이는 서사시도 남겼다. 그는 고대신화와 역사에 철학적 성찰의 옷을 입힌 「마스구드」와 「이스깐데르」라는 서사시를 지어 동족과 후세들에게 불멸의 교훈을 남기고자 했다. 고대 이라크의 수도 바그다드를 배경으로 하여 풀어나간 서사시 「마스구드」에서 아바이는 의로움과 현명함을 지닌 문명의 선구자들이 무지한 대중에 의해 어떻게 타락의 길로 끌어내려지는 가를 보여줌으로써 '미련함이 전능한 힘을 지녔음'을 강조하지만 그 미련한 힘, 즉 무지와 인습이야말로 동시대의 카자흐인이 근대적 자각으로 깨어나 타파해야 할 대상임을 역설적으로 강하게 주장하고 있다. 마케도니아의 알렉산더 대왕의 원정이야기에 현자 아리스토텔레스를 등장시켜 서사를 전개한 「이스깐데르」

에서는 양팔저울에 안와골(눈을 감싼 뼈)과 황금을 놓고 무게를 재어 보는 우화를 통해 인간의 끝없는 욕망이 초래하는 비극적인 결말을 보여줌과 동시에 그 욕망을 다스리는 현자의 길이 있음을 알려줌으로써 동시대인들에게 무익한 표면적 활동에서 발을 돌려 내면의 성찰로 돌아가 영성을 회복할 것을 호소하고 있다. 이 서사시들은 카자흐인 최초의 진정한 근대인이자 계몽가인 아바이가 장차 모습을 드러낼 그의 정신적 후계자들에게 동족을 위해 짊어질 계몽의 짐을 영예롭게 맞이하도록 격려해주는 듯하다.

> 그의 군사는 피가 흥건한 곡물을 거두어들이는 가을농부들
> 가차 없고 용맹하고 피에 굶주리고 사나운
> 이스깐데르 독수리는 하늘보다 더 높이 솟아올랐다
> 꽃피는 땅, 끝없는 사막의 평원
> 어디를 가나 그는 넘지 못할 경계를 찾지 못했다
> ......
> 욕심 많은 눈의 시야는 흙만이 메울 수 있습니다
> 어떤 사람은 눈의 욕심이 끝이 없어
> 온 세상을 손아귀에 넣고도 성이 차지 않지요
> 허나 죽은 자의 눈엔 금강석과 사파이어도 모래와 한가집니다
>
> 서사시 「이스깐데르」 중에서

아바이는 논쟁의 여지가 없는, 비교할 대상이 없는 카자흐스탄 초원의 가장 위대한 시인이다. 그의 생각과 개념, 추상들은 번개 같고 우레 같은 언어가 되어 그의 시편을 춤추게 하고 성난 말처럼 초원을 달리고 큰 바람처럼 땅을 휩쓸어 가며 우박처럼 거침없이 쏟아져 내린다. 시인 아바이로 인해 카자흐인들은 오래도록 행복할 것이다. 그

는 카자흐스탄 초원에 홀연히 솟아오른 거대한 시문학의 산이다. 이 산은 장구한 세월동안 제 위용을 드러내며 서 있을 것이다. 평탄한 초원을 자신의 눈높이로 끌어올릴 때까지...

3 아바이의 생애

> *아바이는 카자흐스탄 초원에서 살았다. 왜냐하면 당연히 받아야 할 인정을 세계에서 받지 못했기 때문이다. 그러나 그는 위대한 시인으로, 계몽가로, 철학자로 살았다. 그는 보잘 것 없는 환경에서 태어나 모욕적인 삶을 살았다.*   샤카림(시인)

소년시절

- 1845년 8월 10일 카자흐스탄 북동부 쎄메이(쎄미빨라찐스크)주에서 아르근 가문의 토브크트 파의 후손으로 출생했다. 아버지 이브라김 우스껜바이는 그 지역 초원의 지방관리였다. 그에게는 카자흐 전통에 따라 네 명의 아내가 있었는데 그는 그 네 명의 아내에게서 총 열 명의 자식을 보았다. 아바이는 그의 두 번째 부인 울잔에게서 태어난 둘째아들이었다. 아바이란 이름은 할머니가 지어주었다고 하는데 이는 카자흐어로 '조심스런, 주도면밀한'이란 뜻을 갖고 있다.

- 1852-1855년경 회교학당 가비뜨하나의 물라(회교승려)에게서 공부를 시작하였다. 그는 거기서 인간의 초보적인 지식과 윤리, 무슬림 율법 등을 배우며 소년으로 성장해 나갔다.

- 1855-1858년 쎄메이(쎄미빨라찐스크) 아흐메트 리즈 메드레세

(회교의 최고학교)에서 수학했다. 아바이는 이 시기에 학문의 영역을 더 넓히고자 스스로 쎄미빨라찐스크 관할 공립학교에 들어가 러시아어를 배웠다. 당시 제정러시아가 러시아의 서부도시 쌍크트 뻬쩨르부르그를 유럽을 향한 창문이라고 불렀다면 카자흐스탄 북동부에 위치한 쎄미빨라찐스크는 동방을 향한 관문이라고 불렀을 만큼 러시아가 일찍부터 아시아에 눈독을 들이고 진주해 들어온 곳이며 따라서 그곳은 러시아의 행정과 문화가 깊숙이 뿌리내리고 있었다. 그렇게 아바이는 어려서부터 자연스럽게 러시아 문화에 발을 담게 되었다.

또 그 즈음에, 아바이는 회교승려이자 수피인 베르디(Берди)에게서도 교육을 받았다. 베르디는 카자흐스탄의 남부도시 알마틔에서 살던 아바이의 먼 친척이었는데 아바이의 아버지 우스껜바이가 자식들을 수준 높은 지식인과 교양인으로 키우고자 일부러 남부 알마틔까지 먼 길을 내려가 초빙해온 가정교사였다. 소년 아바이는 그에게서 깊이 있는 지식을 배우고 영성을 쌓으며 자연스럽게 수피즘을 접하게 되었다. 이는 나중에 아바이가 자신의 글에 수피즘의 흔적을 남기고 네오수피로 불리게 된 계기가 되었다.

청년시절

• 1858-1876년 지방관리였던 아버지를 도와 약 18년 동안 가문간의 알력과 권력투쟁이 벌어지던 초원의 사회정치적 활동에 적극적으로 참여했다. 카자흐민족은 3개의 쥬스(민족의 하위단위인 부족에 근접하는 개념)로 구성되어 있고 각 쥬스는 여러 개의 가문(종족, 씨족)으로 이루어져 있다. 이 전통은 오랜 역사를 지니고 있으며 부족이나 가문 간에 흔치 않게 다툼이 일어나곤 했었다. 더

욱이 이 시기는 제정러시아가 카자흐스탄을 식민화하는데 박차를 가하기 시작하던 때였고 그 질서에 편입된 카자흐 상류층의 불의와 일반 서민의 고통은 극명하게 대조를 이루고 있었다. 아바이는 카자흐인들의 고질적인 병폐와 문제점을 직시하고 장래에 바람직한 사회를 이룰 수 있는 방향을 고민하고 모색하게 된다.

• 1870년대 초 쎄미빨라찐스크 공립도서관에서, 정치적 박해를 받아 러시아에서 유형살이를 온 예. 뻬. 미하엘리스를 만났다. 잘 알려졌다시피 당시 카자흐스탄은 제정러시아의 지식인과 반체제인사들의 유형지였다. 유형자 미하엘리스는 러시아가 민주주의 문화를 지향해감에 있어서 러시아 영내에 거주하는 이민족의 권리와 이익을 매우 높이 평가하였고 그것이 실현되도록 노력한 사람이었다. 아바이는 그와 오래도록 친분관계를 유지하며 서로 영향을 주고받게 된다.

정치인, 행정가로서 발을 내딛다 : 시련의 시작

• 1876-1878년 선거에 출마하여 코누르-콕쉐읍 읍장에 당선되었다. 그러나 아바이는 그 기간에 동족들로부터 끊임없는 밀고와 배반에 시달렸으며, 비방이 담긴 투서들이 관청으로 날아들었다. 그는 그 시기에 그와 같은 불미스러운 일 외에는 긍정적이라 할 만한 다른 아무런 결과도 얻지 못했고 절망의 시간을 보냈다. 또 자기를 모함하던 무리들 중 한 사람인 우직바이 보리바예브라는 사람으로부터 고소를 당해 그때부터 10년 동안 소송에 시달렸다.

• 1880년대 민주주의를 위해 투쟁하다 박해를 받아 러시아지역에서 유형을 온 엔. 이. 돌고뽈로브, 아. 아. 레온찌예브, 아. 엘. 블렉, 에스. 에스. 그로쓰 등을 만나 교류를 시작했다. 그 시기에 러시아 작

가들의 작품과 바이런, 괴테, 다윈, 스피노자, 스펜서, 루이스 같은 서구 유럽의 문호나 학자들의 작품도 읽었다. 바야흐로 그의 내면에 새로운 전환을 위한 씨앗이 뿌려지기 시작한 것이다. 나중에 아바이는 서구유럽의 합리성과 이성과 과학을 옹호하는 시와 글을 많이 남겼다.

- 1885년 5월 까라몰이라는 소구역 영내 5개 군(郡) 소속 100명의 읍장회의에 전권을 갖고 참가했으며 그는 거기서 분쟁조정관으로 선출되었다. 회의기간 중에 그는 천재성을 발휘하여 단 하루만에 93개 조항의 '쎄미빨라찐스크 카자흐인들을 위한 형사사건 법규'를 마련했다. 이는 당시 카자흐스탄 초원에서 가장 급진적인 권리 및 의무규정 문서였다. 이 대회기간 중에 아바이의 유명세는 정점에 달했다.

시인의 길에 들어서다

- 1886년 미하엘리스의 추천으로 서시베리아 지리학회의 실무위원으로 임명되었다. 이 지리학회는 원래 쎄미빨라찐스크 통계위원회였는데 나중에 조직과 기구가 개편된 것이었다. 그 해에 아버지 이브라킴 우스껜바이가 사망했다. 한편 이 해는 아바이가 조금씩 시를 쓰기 시작한 중요한 해다. "늙음이 있는 곳에 비애가 있고......"로 시작되는 시에서 보듯이 그의 인생은 사회활동에서 창작생활로 전환되기 시작했으며 그는 그때부터 초원의 불꽃처럼, 대양의 물방울처럼 자기 시의 모든 모티브를 창작활동으로 펼쳐 나갔다.

- 1889년 아크몰라주, 쎄미빨라찐스크주, 제트수주를 포함한 초원 지역 주지사장의 공식기구에서 아바이의 시 2편이 발표되었다. 첫

번째 편은 꼭바이 자나따이울리라는 이름으로 '쎄미빨라찐스크 군 칭기스읍에서 이브라김 꾸난바예브가 바까나스 호수 옆 꼼베이트라는 작은 지역에서 유목하면서 바라본 카자흐 마을의 풍경들'이라는 제목으로, 두 번째 편은 '나는 읍의 백성이 되었다'라는 제목으로 무명으로 출간되었다. 이는 아바이 생전에 지면에 발표된 유일한 시편이었는데 이 시들은 그 당시 고등교육을 받은 카자흐인들 사이에서 대단한 호평을 받았다.

- 1890년 바이꿀락크와 꾼트라는 사람을 선두로 한 16명의 우두머리들로부터 음해를 받았다. 그들은 아바이를 '조상들이 물려준 전통풍습과 권리를 위반한 자', '행정수장의 원수' 라는 등의 도덕적 죄목을 씌워 모해하였다. 하지만 아바이는 이에 굴하지 않고 그 시기에 뿌쉬킨, 레르몬또브 등 러시아 유명 시인들의 작품을 카자흐어로 번역하였다. 또 노래가사도 썼는데 그때까지 카자흐 작시법에 없었던 새로운 형식(8행시, 6행시)을 도입하기도 하였다.

- 1891년 미국의 출판물인 제이. 켄난의 『시베리아와 유형』이라는 책에 아바이의 이름이 언급되었다.

고난에 맞서 원대한 꿈을 펼치며

- 1891–1897년 아바이를 음해한 16명 중 한 사람이었던 오라즈바이와 음해사건을 놓고 7년 동안이나 민사소송을 벌였다. 아바이는 동족의 음해와 모함에 절망하여 카자흐인들의 비합리성과 비뚤어진 양심을 비판하고 경고하는 시들을 왕성하게 창작하였다. 그 이면에는 동족에 대한 뜨거운 애정이 숨어있었음은 물론이다.

- 1895년 첫 번째 부인에게서 난 아들 아브드라흐만이 27세의 젊은

나이로 죽었다. 아브드라흐만은 제정러시아 쌍크트 뻬쩨르부르그에서 포병학교를 졸업했는데 그는 독일어에 능통하여 아바이가 고대 그리스와 로마를 근간으로 하는 서구사상을 이해하는데 많은 도움을 주었다. 아바이는 '아브드라흐만의 죽음'이라는 시에서 아들을 잃은 슬픔을 구구절절이 묘사하고 있다. 한편 아바이에게는 세 명의 아내가 있었다. 그는 첫 번째 아내 딜다에게서 아클바이, 아브드라흐만, 쿨바단, 아킴바이를 얻었고 두 번째 아내 아이게림에게서 투라굴, 미하일, 이즈카일, 켄제 등의 자식을 얻었다. 그는 총 7명의 아들과 3명의 딸을 두었다. 세 번째 아내 예르케잔에게서는 자식이 없었다.

- 1898년 자신을 음해했던 오라즈바이 무리들로부터 집단폭행을 당했다. 아바이는 인간과 인간성 자체에 대한 실망으로 "보라, 이 세상은 그대를 강탈하는 가혹한 세상이다...."(1898년), "사람아, 대체 넌 누구더냐? 오직 똥을 담는 자루가 아니더냐?......"(1899년)로 시작되는 절망의 시들을 쓰기도 했다.

- 1904년 아들 마가비가 폐병으로 죽었다. 아버지가 반대자들과 힘든 싸움을 벌이고 그동안 어려운 생활이 계속되자 아들의 심신이 지쳐버린 데에 그 원인이 있었다고 한다.

- 1904년 7월 5일 아바이 사망. 전해지는 이야기에 의하면 아바이는 아들 마가비가 죽은 지 40일 후에 죽었다고 한다. 그리고 그가 죽고 나서 정확히 40일 후에 그의 맏아들 아클바이가 죽었다. 숫자 40은 카자흐인들이 신성하게 여기는 숫자다.

- 1909년 아바이의 시집이 첫 출간되었다. 그 뒤로 아바이 시집은 카자흐어와 러시아어로 여러 번 출간된다.

• 1947년 카자흐 작가 무흐따르 아우에조브가 아바이의 생애와 창작생활에 대한 이야기를 엮은 대하장편소설 『아바이의 길』을 출간하였다. 이 소설은 이듬해 러시아어로 번역되어 절찬을 받았다. 아우에조브는 이 공로로 소련 최고문학상인 레닌상과 국가상을 수상했다. 이 소설은 아바이를 아바이학이라는 학문의 영역으로까지 올려놓았다.

한편 한국에서는 1995년 아바이 탄생 150주년을 맞아 카자흐스탄 고려인 작가인 양원식 전 고려일보 주필의 번역으로 아바이의 잠언 45편이 수록된 『아바이의 잠언』(서울, 카자흐어연구회·도서출판 예루살렘, 1995)이 출판되었다. 2010년에는 김병학의 번역으로 아바이의 시 100편이 『황금천막에서 부르는 노래』(서울, 인터북스, 2010)라는 제목으로 출판되었다.

| 지은이 |

아바이 꾸난바이울릐(Абай (Ибраһим) Құнанбайұлы, 1845-1904, 아바이 꾸
난바이예브)는 지난 19세기 이후 카자흐스탄의 가장 뛰어난 시인이자 사상가이며
최고의 지성이다. 그는 급변의 시대가 감지되던 19세기 중반에 태어나 광야를 질
주하는 말처럼 분연히 시대의 불의와 맞서나갔다. 그리고 중년 이후에 예언자의
외침과 같은 시와 글을 남기기 시작했다. 아바이의 놀라운 창작능력과 깊은 사유
에서 우러난 지식, 그리고 동서양을 아우르는 세계관과 휴머니즘은 그의 창작의
기초를 이루고 있다. 그가 남긴 글들은 카자흐스탄 전역에 깊은 울림을 주었으며
지금도 카자흐스탄 전 국민의 가슴 속에 그침 없이 메아리치고 있다. 아바이의
존재는 카자흐인의 자부심이자 카자흐문화의 상징이다. 모든 카자흐인들은 아낌
없는 존경과 열렬한 찬사로 국민시인 아바이의 위상을 변함없이 확인시켜주고
있다. 그는 현대 카자흐인의 휴머니즘과 세계관에 지대한 영향을 미쳤다.

| 옮긴이 |

김병학은 1992년에 카자흐스탄으로 건너가 우스또베 광주한글학교 교사, 알마아
타고려천산한글학교장, 아바이 명칭 알마틔국립대학교 한국어과 강사, 재소고려
인한글신문 고려일보 기자, 카자흐스탄한국문화센터 소장 등으로 일하다가 2016
년 말에 귀국했다. 지금은 광주고려인마을에서 일하고 있다. 시집 『천산에 올라』,
『광야에서 부르는 노래』, 에세이집 『카자흐스탄의 고려인들 사이에서』, 번역시집
『모쁘르마을에 대한 추억』, 『초원의 페이지를 넘기며』, 『회상열차 안에서』 등 다
수의 저서와 역서 및 편찬서가 있다.

| 삽화 |

예브게니 씨도르킨(Е. М. Сидоркин, 1930-1982)은 러시아에서 출생한 카자흐
스탄 인민미술가이다. 1965년 독일(동독) 라이프츠시에서 열린 <5대륙 선화(線
畵)>전시회에서 거기에 참가한 파블로 피카소, 오토 딕스(독일), 한스 에르니(스위
스), 찰스 화이트(미국) 등 세계의 쟁쟁한 거장들을 물리치고 금상을 수상한 바
있으며, 1971년에는 카자흐스탄 국가상을 수상하는 등 국내외적으로 수십 여회의
전시회와 수상기록을 남겼다.

숭실대학교 한국문학과예술연구소 문예총서 06

카자흐스탄 초원 시인 아바이 시선집
Абай Құнанбаевтың таңдамалы өлеңдер жинағы

황금천막에서 부르는 노래
Алтын шаңырақта шырқалған ән

2010. 4. 1. 1판 1쇄 인쇄
2020. 4. 15. 2판 1쇄 인쇄
2020. 4. 28. 2판 1쇄 발행

지은이 아바이 꾸난바이울리 **옮긴이** 김병학 **표지그림** A. Martova. Abay
발행인 김미화 **발행처** 인터북스
주소 서울시 은평구 연서로20길 11 **전화** 02.356.9903 **팩스** 02.6959.8234
이메일 interbooks@naver.com **홈페이지** hakgobang.co.kr **출판등록** 제2008-000040호
ISBN 978-89-94138-68-8 04830 978-89-94138-09-1(세트) **정가** 20,000원